사랑이 스테이크라니

사랑이 스테이크라니

지은이 고요한
펴낸이 임상진
펴낸곳 (주)넥서스

초판1쇄 발행 2020년 9월 10일
초판2쇄 발행 2020년 9월 15일

출판신고 1992년 4월 3일 제311-2002-2호
10880 경기도 파주시 지목로 5
Tel (02)330-5500 Fax (02)330-5555

ISBN 979-11-90927-44-4 03810

가격은 뒤표지에 있습니다.
잘못 만들어진 책은 구입처에서 바꾸어드립니다.

이 도서의 국립중앙도서관 출판예정도서목록(CIP)은
서지정보유통지원시스템 홈페이지(http://seoji.nl.go.kr)와
국가자료공동목록시스템(http://www.nl.go.kr/kolisnet)에서
이용하실 수 있습니다. (CIP제어번호 : CIP2020035426)

www.nexusbook.com

사랑이 스테이크라니

고요한 소설집

&

차례

| 작가의 말 |

다시 돌아온 종이비행기에게

지난가을 어머니가 위독하다는 연락을 받고 나는 고향 진안으로 내려갔다. "일주일을 넘기지 못할 것 같다"는 의사의 말을 듣고서였다. 어머니는 나를 알아보지 못했다. 병상에 누워 있는 어머니 옆에서 스탠드를 켜 놓고 밤을 보냈다.

어머니는 밤새 사경을 헤맸다. 거친 숨소리만이 방 안을 떠돌아다녔다. 창밖으로 내려앉은 어둠이 방 안으로 들어오지 못하게 창문을 닫았다. 어머니는 얼마나 두려울까. 죽음의 문 앞에서 얼마나 고통스러울까. 그 순간 어머니에게 희미한 빛이라도 되고 싶었다. 내가 옆에 있다는 걸. 내 인기척을 느끼며 사경에서 헤어나길 바랐다. 깜빡 잠들었다가도 깨어나 침대 위로 손을 뻗어 온기가 없는 어머니의 손을 잡았다. 그리고 목 안이 달라붙지 않도록 빨대를 입에 대고 물을 드시게 했다.

아침에 일어나 어머니가 마당의 햇볕을 볼 수 있도록 미닫이문을 활짝 열고 침대를 돌려놓았다. 마당 한쪽에 있는 은행나무에 햇빛이 반짝거렸으나 방 안까지 들어오지 않았다. 밤과 달리 낮은 아무 일 없었다는 듯 평온했지만 기침 소리는 사그라지지 않았다. 이틀째 밤도 어머니 곁을 지켰다. 그런 밤이 이어졌다. 어머니에게 밤은 너무 길었다. 나는 어서 아침이 오기만을 기다렸다. 아침이면 밤은 사라지고 기침 소리도 다소 누그러질 테니까.

의사가 말한 일주일이 되던 날. 은행나무 가지를 자르고 있는데 어머니가 침대에서 일어나 계셨다. 침대 난간을 움켜잡은 어머니는 방 안으로 들어서는 나를 보며 미소를 지으셨다. 그리고 어머니는 무슨 말을 하려고 했다. 하지만 그 말은 말이 되어 나오지 않았다. 어머니가 고비를 넘긴 후 나는 서울로 가려고 버스 정류장으로 갔다. 곧 어머니를 돌보고 있던 누나가 뒤따라왔다. 나는 누나에게 "왜 따라 나오느냐"고 물었다. "엄마가 못 나와서 내가 대신 나왔어. 엄마는 늘 네가 가는 모습을 여기 나와 지켜봤잖아. 그런데 지금은 엄마가 나올 수 없으니까. 어쩌면 이게 마지막이니까……."

그 말을 하고 누나는 등을 돌렸다. 나도 반대편으로 고개를 돌렸다. 저 멀리서 버스가 오고 있었다. 하늘은 푸르렀고 어딘가에서 새 우는 소리가 들렸다. 천천히 오는 버스를 기다리는 시간은 너무 길었다. 눈물을 훔치면서 "갈게"하고 버스에 올랐다. 마음으로 배

웅하고 있을 어머니를 떠올리면서 말이다.

다행히 버스를 타고 오던 그날이 마지막은 아니었다. 그 사이 어머니는 건강이 눈에 띄게 호전되었다. 가족의 보살핌만큼 따뜻한 손길이 있을까. 아직도 나는 어머니와 같이 보낸 그 쓸쓸한 밤을 떠올린다. 대체 그 밤에 어머니는 어디에 계셨을까. 그 밤에 내 인기척을 느끼고 있었던 것일까. 내가 여기까지 온 것은 다 어머니의 힘이다.

스무 살 무렵에 시를 썼고, 스물일곱 살에 처음 소설을 썼다. 신문기자 생활을 하면서 글을 썼지만 한 번도 소설을 놓은 적은 없다. 어느 땐 화장실에 들어가 담배를 피우며 한 손에는 기사를, 다른 한 손에는 소설을 들고 두 개의 글을 번갈아 봤다. 그래서 내 글에서는 담배 냄새가 났다.

유난히 담배 냄새가 많이 배인 작품이 〈종이비행기〉였다. 버림받은 상처를 치유하기 위해 종이비행기를 접는 남자의 이야기. 그 이야기를 하기 위해 얼마나 많은 담배를 피웠는지 모른다. 그리고 얼마나 많은 종이비행기를 창밖으로 날렸는지 모른다. 내가 날린 종이비행기는 어디까지 날아갈까. 저 푸른 하늘 위로 날아가고, 저 푸른 바다 위로 날아갈까. 날아서, 날아가서, 내가 사랑한 사람들의 창문에 닿을 수 있을까.

마지막으로 접은 종이비행기를 날릴 때 아버지를 떠올렸다. 내가 날린 그 종이비행기가 아버지가 있는 곳에 닿기 바라면서. 아버지가 있던 곳에 닿았던 그 종이비행기가 나와 어머니가 있던 방에 다시 날아오기를 바라면서.

어쩌면 그날 어머니는 그 먼 곳에서 아버지가 날린 종이비행기를 보고 그것을 잡기 위해 침대에서 일어났는지도 몰랐다. 빙그레 미소를 짓고 내게 말하려고 했던 건 "아버지가 날린 종이비행기를 봤다"는 말이었을 것이다.

책을 내주신 넥서스 출판사의 문학 브랜드 &(앤드)에 감사를 드린다. 멋진 표지를 만들어 준 미술팀과 홍보를 위해 애써 준 마케팅팀도 고맙다. 〈종이비행기〉를 번역한 브루스 풀턴(Bruce Fulton) 선생님과 윤주찬 선생님에게 감사 인사를 전한다.

추천사를 써 주신 채호석 교수님에게도 감사의 인사를 드린다. 이 책을 만들어 준 &의 은현희 부장에게도 고맙다는 말을 전한다. 마지막으로 종이비행기가 되어 날아온 아버지에게도.

2020년 가을

고요한

사랑이

스테이크라니

불임클리닉에 다녀온 날 제임스를 만났다. 인터넷 카페에 올린 글대로 제임스는 체격이 좋고 이목구비가 뚜렷했다. 진하게 쌍꺼풀진 눈, 우뚝한 코, 선명한 입술. 키는 나와 비슷한 180센티미터였고 영국 유학파였다. 지금껏 만난 남자 중에서 가장 이상적이었다. 첫눈에 나보다 열 살이 어린 제임스가 마음에 들었다. 가볍게 커피 한 잔만 할 생각으로 나왔다가 제임스를 보고 마음이 바뀌어 저녁은 뭐로 할 거냐고 물었다.

"스테이크요."

제임스는 메뉴판을 보지 않고 말했다.

"영국에서 유학할 때 주말마다 스테이크를 먹었거든요. 그래서 지금도 주말이면 스테이크집을 찾아다니죠. 스테이크 좋아하세요?"

"스테이크는 좋아하지 않습니다."

"채식주의자세요?"

나는 고개를 젓고 채식주의자는 아니라고 말했다. 그러자 제임스는 호들갑스럽게 메뉴판을 펼쳐 스테이크 사진을 보여 주었다.

"이 레스토랑 셰프가 영국서 왔는데 스테이크를 원더풀하게 만들어요. 채식주의자는 아니라니까 한번 드셔 보세요."

제임스의 권유에 스테이크 두 개를 주문했다. 스테이크가 나올 때까지 제임스는 인터넷 카페에 올린 내용을 간단하게 설명했다. 계약하면 아내의 배란일에 맞춰 집으로 방문한다는 것과 정자 금액이 주된 내용이었다. 스펙에 따라 정자는 A급에서 C급으로 나뉘었는데 평균 삼백만 원에서 오백만 원에 거래됐다. 제임스는 자신의 정자는 A급이라면서 한 번 잠자리를 하는 비용은 오백만 원이라고 했다. 비싸다는 생각은 들지 않았다. 아이만 갖는다면 그보다 더 큰돈을 달라고 해도 줄 수 있었다. 제임스는 영국에서 유학할 때 아이를 갖지 못하는 부부에게 이 일을 처음 해 준 후 사명감을 갖게 되었다는 말도 했다. 지금까지 이 일을 여섯 번 했는데 모두 성공했다며 세 번 안에 아이를 갖게 해 주겠다고 말했다. 세 번이라는 말에 당장 계약하려다가 문득 아내를 떠올렸다.

아내는 내가 하려는 이 일을 반대했다. 하지만 나는 아내의 말을 듣지 않고 간밤에 제임스에게 만나자는 메일을 보냈다. 얼굴을 확인하지 못하는 정자은행과 달리 이 일은 만나서 얼굴을 보고 구매 여부를 결정할 수 있었다. 백화점에 진열된 상품처럼 내가 직접 내 아이의 아버지를 고르는 것이다.

"드셔 보세요."

종업원이 내 앞에 접시를 내려놓자 제임스가 말했다. 하얀 접시에 핏물이 배어 나온 고깃덩이가 덩그러니 놓여 있었다. 제임스는 포크로 손바닥만 한 고깃덩이를 찍어 누르고는 나이프로 한 조각 썰어 입에 넣었다. 나도 고깃덩이를 썰어 입에 넣었다. 고기가 덜 익어 피 냄새가 났다. 테이블 아래로 고개를 처박고, 씹은 고깃덩이를 휴지통에 뱉었다. 역시 내 입에는 맞지 않았다. 물로 입 안을 헹구고 제임스 앞으로 접시를 밀어 주었다.

제임스는 빙긋이 웃더니 내 접시에 있는 고기를 가져다 먹었다. 접시에 시뻘겋게 고인 핏물까지 포크로 훑어 먹는 걸 보자 속이 니글거렸다. 불편한 속을 달래려고 피클을 씹으며 건너편에 있는 백화점을 바라보았다. 내가 일하는 백화점이었다. 폐점 시간이 지났는데도 백화점 앞에는 쇼핑을 마친 사람들이 종이 가방을 들고 여기저기 서 있었다. 제임스는 스테이크를 먹고 난 후 계약서를 꺼내 테이블에 올려놓았다. 제임스의 입술에 벌겋게 번진 핏물을 보며 계약서에 사인을 했다.

제임스가 간 후 한 장씩 나눠 가진 계약서를 뒷주머니에 넣고 자리에서 일어났다. 그때 뒷자리에 앉은 백화점 여직원과 마주쳤다. 신생아용품에서 일하는 여직원은 내 뒷자리에서 스테이크를 먹고 있었다. 당황했지만 별다른 내색은 하지 않았다. 대신 여직원 것도 계산을 하고 레스토랑을 나왔다. 집으로 차를 몰고 가는 동안 세 번 안에 아이를 갖게 해 준다는 말이 뇌리에서 떠나지 않았다. 의사의 말보다 제임스의 말이 구체적이고 현실적이어서 불임클리닉을 다니는 것보다 효과적인 것 같았다.

"체격도 좋고 이목구비도 뚜렷해. 혈액형도 똑같고. 게다가 영국 유학파야. 이름은 제임스. 이 정도 유전자면 A급이지."

잠자리에 들기 전 아내에게 제임스 이야기를 꺼냈다.

"아이 하나 낳겠다고 다른 남자와 잠자리를 하라고?"

아내가 목소리를 높이자 내 팔을 베고 누운 고양이가 야옹, 하고 울었다. 중성화 수술을 시킨 고양이는 새끼를 낳지 못했다. 그게 안쓰러워 품에 끼고 살았는데 이제는 자기가 내 두 번째 아내쯤 되는 양 굴었다. 달라붙는 고양이를 밀어내고 아내의 허리를 끌어당겼다.

아내는 나를 밀어내고 침대에서 일어났다. 그러고는 벽에 걸린 십자가 앞으로 가더니 두 손을 머리 위로 쳐들고 기도를 했다. 아내의 입에서 기도 소리가 줄줄 흘러나왔다. 간절히 기도를 하는 게 아니라 아내는 일방적으로 아이를 달라고 요구했다. 아내는 아이를 갖기 위해 개종을 했다. 아이를 생기게 하지 않는 종교는 믿을 필요가 없다고 한 것이다. 개종을 했음에도 아이가 생기지 않자 아내는 시도 때도 없이 십자가 아래서 홀로 기도를 했다. 이제 아내는 나를 바라보는 시간보다 십자가를 바라보는 시간이 많았다. 오직 기도. 기도만이 아이를 갖게 해 준다고 믿었다. 그런 아내에게 제임스와 계약서를 썼다고 말했다.

"세 번만 하면 돼. 세 번 안에 아이를 갖게 해 준다고 했어."

"뭐?"

아내가 발끈했다.

"당신은 항상 일을 왜 그렇게 해. 내 입장에서 한 번 생각해 봤어? 그리고 제임스 성격 알아? 사이코패스면 어떡해? 영국 유학까지 갔다 온 사람이 그런 짓 하는 게 이상하지 않아?"

아내의 나이는 내년이면 마흔이었다. 나이를 생각하면 아내도 더는 출산을 미룰 수 없었다. 불임의 원인은 아내가 아니라 나였다. 정자 수가 거의 없었다. 백화점 앞에 있는 불임클리닉에서 정액 검사를 받은 결과, 아내가 아닌 내가 불임의 원인으로 나온 것이다. 태권도 선수까지 한 내가 불임일 거라는 생각은 한 적이 없어 당황했지만 마음을 잡고 불임 치료를 받았다. 큰 욕심 없이 살아온 나였으나 아이만큼은 욕심이 났다. 하지만 팔 년 동안 불임클리닉에 다녀도 아이가 생기지 않자 몸도 마음도 지쳐 갔다. 그런 와중에 같이 불임 치료를 받는 남자와 백화점 앞에 있는 호프집에서 맥주를 했다. 일 년째 불임 치료를 받고 있는 남자는 취기가 오르자 갑자기 옆자리로 와서는 내 귀에 대고 속삭였다.

"가장 확실한 방법이 하나 있긴 한데……."

"그게 뭔데요?"

나는 남자의 팔을 꽉 잡고 놓아 주지 않았다. 남자는 주위를 둘러보더니 말했다.

"이런 말 해도 되나 몰라. 불편한 방법이긴 한데 이런 식의 착상이 임신이 잘된다고 하던데. 백 프로 성공한다나. 팔 년간 불임 치료를 해도 안 됐으니 마지막으로 이 방법을 써 보는 것도……."

"대체 그게 뭐냐니까요?"

남자는 종이에 쓴 인터넷 카페 주소를 내 손에 쥐어 주었다. 남자와 헤어지고 호기심에 인터넷 카페에 들어갔다. 인터넷 카페에는 정자를 제공한다는 글이 올라와 있었다. 대부분 이십 대였으나 간혹 삼십 대도 있었다. 학비를 벌기 위해 이 일을 하는 대학생 글에는 댓글이 달려 있었다. 돈을 벌기 위해 몸을 파는 놈이라고.

십여 개의 글을 읽다 인터넷 카페에서 나왔다. 다른 남자의 몸을 빌어서까지 아이를 가져야 하나 하는 자괴감이 들었다. 그러나 얼마 못 가 다시 인터넷 카페에 들어가 혈액형이 같은 남자를 만났다. 다른 남자의 몸을 빌어서라도 아이를 갖고 싶었다.

제임스는 아내의 배란기인 일요일 밤에 방문 판매원처럼 집을 찾아왔다. 현관 앞에서 제임스는 거실을 훑어보고 구두를 벗었다. 내 옆에 있던 고양이가 야옹, 하고 울었지만 제임스는 거들떠보지 않고 벽에 걸린 결혼사진 앞으로 갔다.

"사모님이 아주 미인이네요."

듣기 싫은 말은 아니었으나 이런 자리에서 듣다 보니 기분이 좋지 않았다. 발로 툭, 고양이를 찼다. 고양이는 미끄러지면서 제임스의 가랑이 사이로 굴러갔다. 놀란 제임스가 아내에게서 눈을 뗐다.

"안방은 저기예요. 난 잠시 나갔다 올게요."

제임스에게 안방을 알려 준 후 고양이와 현관문을 열고 나갔다. 고양이는 나를 따라오지 않고 담장 위로 올라갔다. 대문을 나와 편의점을 돌아가는데 지금쯤 제임스가 아내와 관계를 맺고 있을 거라는 생각이 들었다. 제임스가 아내를 안고 아내가 제임스에게 안기는 상상을 하자 목덜미에 땀이 났다. 하지만 집으로 돌아가지 않고 주택가를 한 바퀴 돌았다. 제임스가 관계를 갖는 시간은 삼십 분으로 정해져 있었다.

편의점에 들어가 커피를 한 잔 마시고 집으로 갔을 때는 삼십 분이 지나 있었다. 그런데 집 앞에 제임스의 차가 세워져 있었다. 차 안을 슬쩍 보자 제임스는 보이지 않았다. 고양이는 그때까지 담장 위에서 나를 기다리고 있었다. 조용히 현관문을 열고 들어갔을 때 안방에서 제임스가 나왔다. 제임스의 얼굴이 벌겋게 달아올라 있었다. 제임스는 고개를 숙여 인사를 하고 나갔다. 나는 안방으로 들어가지 못하고 창가에서 제임스를 바라보았다. 제임스가 탄 외제차가 목동아파트 너머로 가는 걸 본 후 오백만 원을 입금했다.

일 분도 안 돼 고맙다는 문자가 왔다.

안방에서는 아무런 소리가 나지 않았다. 욕실 물소리도 나지 않았고 이불이 바스락거리는 소리도 나지 않았다. 나는 소파에 앉아 정원에 있는 목련나무를 바라보았다. 달빛을 받아 목련 꽃잎이 허옇게 빛났다. 땅에 떨어진 꽃잎은 햇빛에 건조시킨 담뱃잎처럼 말라비틀어져 있었다.

목련나무는 내가 태어났을 때 아버지가 심은 것이었다. 목련나무 옆에는 둥그렇게 무덤처럼 빈자리가 만들어져 있었는데 그것은 내 아이가 태어났을 때 나무를 심으라고 아버지가 비워 둔 자리였다. 돌아가시기 전 아버지는 목련나무 아래에 앉아 빈자리를 바라보곤 했다. 아버지는 내 아이를 보고 싶어 했다. 내가 제임스를 불러 아이를 갖는 걸 안다면 아버지는 어떤 생각을 할까. 노발대발하시겠지. 진정한 당신의 손자가 아니기 때문에 당장 그만두라고 할 것이다. 아버지보다 먼저 돌아가신 어머니 역시 마찬가지일 게 뻔했다. 하지만 그런 건 상관없었다. 나는 정말 딸아이를 하나 갖고 싶었다. 아이를 안 낳으려는 부부도 있지만 아이를 간절히 원하는 부부도 있었다.

끝내 안방에 들어가지 못하고 고양이와 소파에 누웠다. 땀 냄새를 맡고 고양이가 내 발가락을 핥았다. 발정이 난 것처럼 고양이는 밀어내도 자꾸 들러붙었다. 발로 밀어 고양이를 소파 밑으로 떨어뜨렸다. 한참 후 안방에서 물소리가 났다. 물소리는 점점 커졌다.

욕실에서 흘러나온 물은 안방을 적시고 문틈으로 흘러나와 거실 바닥을 적셨다. 물은 소파까지 차올라 내 몸을 적셨다. 몸을 뒤척일 때마다 물이 출렁거렸다. 출렁거리는 물속에서 나는 아내의 발가락을 핥고 아내는 제임스의 발가락을 핥고 제임스는 내 발가락을 핥았다. 밤새도록 발가락을 핥다 아내가 부르는 소리에 일어나 보니 내가 고양이 발가락을 핥고 있었다. 고양이는 혀를 반쯤 내놓은 채 눈이 풀려 있었다. 머리통을 쥐어박아도 고양이는 황홀경에서 빠져나오지 못했다.

"어서 씻고 밥 먹으라니까."

주방에서 아침을 하고 있던 아내가 간밤에 아무 일 없었던 것처럼 어서, 하고 채근을 했다. 나도 아무 일 없었던 것처럼 알았어, 하고 말했다. 그러나 아내의 얼굴을 똑바로 쳐다보지 못하고 욕실에 들어가 샤워를 한 후 식탁에 앉아 밥을 먹었다. 모래를 씹는 것처럼 밥알이 까끌거려 목구멍으로 넘어가지 않았다. 세 숟가락도 먹지 못하고 일어나 출근을 했다. 다른 날과 달리 아내가 현관 앞까지 따라 나오지 않았지만 신경 쓰지 않고 차에 올랐다. 밤새 물 속에서 잠을 잔 것처럼 몸이 축축했다. 얼마나 고양이의 발가락을 핥았는지 혀가 까끌거려 입 안에 손가락을 넣어 보니 털이 묻어 나왔다.

백화점에 도착하자마자 세일 마케팅 회의를 했다. 회의실 창문 너머 내가 다닌 불임클리닉이 보였다. 이제 백화점 직원들 눈을 피해 불임클리닉에 다닐 이유는 없었다. 머잖아 아이를 갖는다는 생각에 회의 시간은 지루하지 않았으나 입 속이 계속 까끌거려 손가락을 넣자 또 털이 묻어 나왔다.

회의가 끝난 후 불임클리닉 일 층에 있는 레스토랑을 바라보았다. 나와 제임스가 앉았던 자리에서 두 남자가 스테이크를 먹고 있었다. 저 남자들도 나와 같은 남자일까. 두 남자를 바라보다 신생아용품을 구경하러 매장으로 갔다. 여직원이 지난번에 스테이크 값을 계산해 줘서 고맙다고 했다. 하지만 나를 보는 눈빛이 달랐다. 애써 무시하고 신생아용품을 보면서 아이의 방을 어떻게 꾸밀까 떠올렸다. 그 생각에 하루하루가 금방 갔다.

이 주일이 지난 후 아내는 임신테스트를 했다. 임신은 되지 않았다. 몇 번을 해도 테스트기에는 줄이 하나밖에 나오지 않았다. 아내는 실망한 표정이 역력했다. 나이가 많아 임신이 안 된 것 같다며 초조해하더니 다시 제임스를 불러 달라고 했다. 제임스에게 전화를 걸어 다음 날짜와 시간을 알려 주었다.

두 번째 제임스가 왔을 때 아내는 조금 적극적이었다. 나는 두 사람이 관계를 가질 수 있도록 집 밖으로 나갔다. 주변을 돌아다니다 편의점에 들어가 커피를 마시고는 사십 분이 지났을 때 집으로 갔다. 그런데 그때까지 집 앞에는 제임스 차가 세워져 있었다. 아직 관계를 맺지 못한 것일까, 하고 현관문을 열고 들어갔다. 제발 다리 좀 벌려 봐요. 제발 다리 좀 벌리라구요. 이러면 흥분이 되질 않잖아요. 안방에서 제임스의 목소리가 들렸다. 제임스의 목소리는 점점 끈적끈적해졌다. 조금 더요…… 다시 제임스의 목소리가 들렸다. 이렇게요? 아내가 달뜬 목소리로 말했다. 좋아요, 아주 좋아요, 조금만 나를 안아 봐요. 그렇게 정색하지 말고 제가 남편이라 생각하고 해 봐요. 남편요? 그게 말이 돼요? 말이 안 되니까 남편이라 생각하고 하라는 거예요. 너무 수동적으로 하면 아이가 잘 들어서지 않아요. 이게 다 아이를 갖기 위해 하는 거잖아요. 그래요. 좋아요, 아주 좋아요. 조금만 더 다리를 벌려 봐요, 원더풀하게. 제임스의 목소리가 들릴 때마다 고양이는 야옹, 야옹, 하고 울었다. 포르노 대사 같은 제임스의 말에 화가 났지만 아이를 가질 수 있다면 그걸로 용서가 됐다. 하지만 두 번째에도 임신은 되지 않았다.

세 번째 다녀간 후에도 임신이 되지 않자 아내는 세 번 안에 아이를 갖게 해 준다고 하지 않았냐며 따졌다. 그런데 이상하게 아내는 초조해 보이지 않았다. 아내는 한참 동안 생각에 잠기더니 이번엔 서비스니까 한 번 더 하자고 했다. 고민 끝에 제임스에게 전화를 걸어 임신이 안 됐으니 서비스로 해 달라고 했다.

"안 돼요."

제임스는 단번에 거절을 했다.

"이럴 땐 서비스로 해 준다고 했잖아요?"

제임스는 그건 일주일에 세 번을 연이어서 하는 경우에만 해당

된다고 했다. 어이가 없어 목소리를 높이자 제임스가 반 가격에 해 주겠다며 선입금을 해 달라고 요구했다. 방문 날짜와 시간을 알려 주고 바로 입금을 했다. 오 분도 안 돼 제임스에게 고맙다는 문자가 왔다.

제임스가 네 번째 온 날, 나는 여자가 오르가슴을 느낀 다음에 사정해야 아이가 생길 확률이 높다는 인터넷 카페의 글을 떠올리고 십 분 더 하라고 했다. 순간 제임스의 얼굴에 미소가 번졌다. 제임스가 안방에 들어간 후 비가 한두 방울 떨어져 우산을 챙겨 나갔다. 현관문을 나서자 비가 쏟아졌다. 우산 아래로 비가 처들어와 순식간에 바지가 젖었다. 대문 밖으로 나가지 못하고 정원에 우산을 든 채 서 있었다. 상의까지 젖었을 때 다시 안으로 들어갔다. 비 때문에 나오지 않았던 고양이가 야옹, 하고 다가왔다.

무시하고 건넌방으로 가는데 안방에서 끈적끈적한 제임스의 목소리가 들렸다. 오늘은 적극적으로 할게요. 그러니까 사모님도 수동적으로 하지 말고 제가 남편이다 생각하고 하세요. 젖은 옷에서 흘러내린 빗물이 발 아래로 고였다. 바닥을 닦지도 않고 나는 건넌방으로 들어갔다. 오랜만에 책상 앞에 앉아 인터넷 카페에 들어갔다. 여전히 카페에는 글이 올라와 있었다. 제임스의 글도 보여 클릭했다. 지난번에 올린 글보다 더 자세하게 자신의 신체 정보가 쓰여 있었다. 화가 나 마우스를 패대기치고 인터넷 카페에서 나왔다. 빗소리 사이로 제임스의 목소리와 아내의 신음 소리가 들렸다. 두 사람의 거친 신음 소리를 듣지 않기 위해 창문을 열었다. 두 사람의 신음 소리는 빗소리를 뚫고 들어왔다. 나는 귀를 틀어막고 책상에 얼굴을 파묻었다. 그러다 깜빡 졸았다.

눈을 떠 보니 열두 시였다. 그 사이 젖은 옷이 몸에 딱 들러붙어 꿉꿉했다. 거실로 나가 샤워를 한 후 안방 문을 열고 들어갔다. 스탠드 불빛 아래 벌거벗은 제임스가 개구리처럼 사지를 늘어뜨린 채 아내의 배 위에서 자고 있었다. 제임스의 등짝과 엉덩이는 땀으로 번들거렸다. 아내는 제임스의 몸에 가려 보이지 않았다. 복숭아처럼 벌어진 제임스의 엉덩이 사이로 아내의 그곳이 보였다. 뒤따라온 고양이가 야옹, 하고 울어도 제임스는 깨어나지 않았다. 털이 수북한 제임스의 다리를 잡고 침대에서 끌어 내렸다.

"내가 십 분을 더 하랬지 아내의 배 위에서 자라고 했나?"

백화점에서 진상 고객을 대할 때처럼 차갑게 말했다.

"오르가슴을 느끼게 한 후 사정하라고 해서요. 그래서 지도 모르게 그만……."

"아무리 그래도 그렇지. 이건 아니지, 개새끼야."

제임스는 후다닥 바지에 두 다리를 꿰어 넣었다. 바지 자락에 스탠드가 걸려 고양이의 머리통에 떨어졌다. 고양이는 방바닥에 머리통을 처박고 쓰러졌다. 나는 고양이를 일으켜 세우지도 않고 아내의 얼굴을 쳐다보았다. 입술에는 립스틱이 번져 있었고 머리카락에는 파운데이션이 허옇게 묻어 있었다. 대체 제임스와 어디까지 갔을까. 키스까지 했을까. 잠을 자랬지 누가 키스를 하라고 했단 말인가. 바지를 입은 제임스는 상의도 입지 않은 채 손에 들고 나갔다.

불륜 현장을 목격한 것 마냥 나는 스탠드를 걷어찼다. 스탠드는 벽까지 날아갔다가 튕겨져 나와 고양이의 머리통을 후려쳤다. 고양이는 일어나지 못했다. 야옹, 야옹, 구슬프게 울면서 그렁그렁한 눈으로 나를 쳐다보았다. 파란 고양이의 눈 속으로 아내와 보낸 밤들이 깨진 알전구처럼 반짝반짝 빛났다 사라졌다. 이상한 욕망에 휩싸여 아내를 끌어안았다. 제임스가 집에 온 후 두 달 만에 잠자리를 했다.

"임신했어."

고양이가 죽은 날이었다. 나는 가볍게 아내를 끌어안았다. 아내는 기도의 힘으로 아이를 가졌다며 십자가 아래로 가서 감사 기도를 했다. 내 생각에는 기도가 아니라 고양이가 불쌍한 우리에게 마지막 선물을 주고 간 것 같았다. 아내를 등지고 제임스에게 전화를 걸었다.

제임스는 축하한다고 말했다. 왠지 제임스의 목소리는 힘이 없었다. 사명감을 갖고 이 일을 한다고 했지만 순간 그가 성적 쾌락을 찾아 이 일을 할지 모른다는 생각이 들었다. 결혼사진 속의 아내를 뚫어져라 쳐다보던 모습과 십 분 더 하라고 했을 때 얼굴에 번진 미소가 떠올랐다. 하지만 제임스가 사명감으로 이 일을 하든 성적 쾌락을 찾아 이 일을 하든 알 바 아니었다. 제임스를 통해 아이를 가졌으니 내 목적은 달성된 셈이었다.

제임스와 통화를 끝내고 장모님에게 전화를 걸었다. 장모님은 이게 웬 기적이냐며 대뜸 어떻게 아이를 가졌냐고 물었다. 잠시 말문이 막혔다. 내가 제임스를 집에 불러들인 걸 아는 것일까. 결혼 초부터 아내는 집에서 일어나는 일을 죄다 장모님에게 일러바쳤다. 식탁을 바꾼 것도 말했고 소파를 바꾼 것도 말했다. 불임의 원인이 나라는 것도 말했다. 그런 아내가 제임스 이야기를 하지 않을 리 없었다. 하지만 아내가 그것만은 말할 리가 없다고 생각했다.

장모님과 통화를 끝내고 백화점 입사 동기에게 전화를 걸었다. 입사 동기는 축하한다고 했다. 근데 니 아이 맞아? 의학의 힘이라고 말했지만 믿지 않는 눈치였다. 나는 교인들에게 전화를 걸었다. 교인들은 하나같이 기도의 힘으로 아이를 가졌다며 어서 빨리 교회에 나오라고 말했다.

"그런 걸로 왜 전화를 해?"

내 통화를 지켜보던 아내가 물었다.

"이렇게 좋은 일을 왜 전화를 안 해?"

여기저기서 축하를 받았음에도 불구하고 뭔가 찝찝했다. 그것은 장모님 때문도 아니었고 입사 동기 때문도 아니었다. 제임스 때문이었다. 배 속의 아이는 제임스의 아이였으니까. 제임스가 네 번째 온 날 나도 잠자리를 했지만 그것으로 임신이 될 리 만무했다.

임신한 아내를 위해 가장 먼저 가사도우미를 불렀다. 가사도우미는 이틀에 한 번씩 와서 청소와 세탁을 했다. 요리도 해 주었다. 가사도우미가 다녀간 날에는 아내가 좋아하는 잡채가 식탁에 놓여 있었다. 그러나 아내는 잡채를 먹지 않았다. 임산부에 좋다는 귤을 사다 줘도 먹지 않았다. 아내가 걱정됐지만 배 속에 있는 아이가 더 걱정돼서 뭐가 먹고 싶냐고 물었다. 아내는 뭔가 골똘히 생각하더니 수박이 먹고 싶다고 했다. 수박을 사다 주자 아내는 참외가 먹고 싶다고 했다. 참외는 장모님이 아내를 가졌을 때 먹은 과일이었다. 나는 전국에서 가장 맛있다는 참외를 한 박스 사다 주었다. 아내는 참외를 한 입 먹고 이 맛도 아니라며 입 속의 것을 뱉었다. 비빔국수와 평양냉면과 순대까지 사다 줘도 한 입만 먹다 말았다. 아내에게 진짜 먹고 싶은 음식이 뭔지 생각해 보라고 했다. 아내는 한참 동안 생각에 잠기더니 지그시 미소를 머금고 말했다.

"스테이크가 먹고 싶어."

"스테이크? 당신은 스테이크 좋아하지 않잖아?"

결혼 후 아내와 스테이크를 먹은 적이 한 번도 없어 나는 고개를 갸웃거렸다. 그러나 임신하면 식성도 달라지나 싶어 퇴근길에 백화점 식품 매장에서 최고급 한우 스테이크를 사 갔다. 아내는 포장지를 뜯고 나이프로 접시에 놓인 고깃덩이를 잘라 먹었다. 한 조각 먹다 말겠거니 했는데 아내는 포크에 묻은 양념까지 빨아먹었다.

"왜 이렇게 스테이크가 당기는지 모르겠어. 당신도 스테이크를 좋아하진 않잖아?"

순간 스테이크를 먹던 제임스가 왜 떠올랐을까. 그제야 아내가 스테이크가 당긴 이유를 알았다. 나는 포크를 집어 허겁지겁 고기를 먹었다. 제임스의 아이를 내 아이로 만들려면 스테이크쯤은 얼마든지 먹을 수 있어야 했다.

"이젠 나도 스테이크 좋아해."

아내가 빤히 나를 쳐다보았다.

"스테이크를 좋아한다고? 식성은 쉽게 변하지 않던데."

"무슨 소리야. 얼마 전에도 영국 셰프가 만든 스테이크 먹었는걸."

아내는 그곳이 어디냐고 물었다. 나는 제임스와 갔다는 이야기는 빼고 백화점 앞에 있는 레스토랑이라고 말했다. 아내는 불임클리닉에 갈 때마다 내가 말한 레스토랑을 봤다고 했다. 아내가 그 집 스테이크를 먹고 싶다는 말에 일요일 저녁에 예약을 잡고 남은 걸 먹었다. 속이 니글거려 토할 것 같았지만 제임스처럼 접시에 고인 핏물까지 긁어 먹었다. 입술에 벌겋게 핏물이 묻은 것도 모르고.

일요일 저녁에 아내와 백화점 앞에 있는 레스토랑에 갔다. 레스토랑은 손님들로 꽉 차 있었지만 예약한 덕분에 전망이 좋은 창가 자리에 앉을 수 있었다. 메뉴판을 펴서 아내에게 스테이크 사진을 보여 주고 배 속의 아이 것까지 세 개를 주문했다. 와인도 시켰다. 아내를 위해서는 주스를 시켰다. 아내는 먼저 나온 주스를 마시며 백화점을 가리켰다. 백화점 앞에는 종이 가방을 든 사람들이 여기저기 서 있었다.

조금 후 종업원이 세 개의 접시를 들고 왔다. 종업원은 아내와 내 앞에 접시를 내려놓고 또 손님이 오냐고 물었다. 더 올 손님이 없다고 하자 종업원은 아내와 나 사이에 나머지 접시를 내려놓았다. 아내는 깍두기처럼 고기를 썰어 한 입 먹더니 맛있다고 말했다. 아내의 감탄사에 나도 고깃덩이를 썰어 입에 넣었다. 그때 문을 열고 들어오는 남자와 눈이 마주쳤다. 제임스였다. 백화점에 다녀왔는지 제임스의 손에는 종이 가방이 들려 있었다.

다시는 만날 일이 없을 거라 생각했는데 이곳에서 보다니. 못 본 척 고개를 돌리려는 찰나에 제임스가 손을 흔들었다. 내게 손을 흔드는 게 아닌 것 같아 뒤를 돌아보았다. 뒷자리에는 노부부가 스테이크를 먹고 있었다. 그 뒤까지 봤으나 제임스를 보고 손을 흔드는 사람은 없었다. 제임스는 줄을 서 있는 사람들을 이리저리 제치고 내게 와서 안녕하세요, 하고 인사를 했다. 계약서 쓸 때 임신이 되면 모른 척하자고 했다는 걸 잊은 모양이었다. 불편한 고객을 만난 것 마냥 내 얼굴이 굳어졌다.

제임스는 아내에게도 안녕하세요, 하고 인사를 했다. 당황한 아내가 얼굴을 붉혔다. 내 목덜미에서는 땀이 났다. 인사를 하고 난 뒤에도 제임스는 할 말이 있는 사람처럼 가지 않고 옆에 서 있었다. 그렇다고 가라고 할 수도 없었다. 어떻게 이 상황을 모면할까, 하고 있는데 바로 앞쪽에 앉은 여자가 뒤를 돌아보았다. 신생아용품 매장에서 일하는 여직원이었다. 무언가를 들킨 것 마냥 주위를 둘러봤지만 빈자리가 나지 않았다. 어쩌면 이 여직원이 내가 제임스와 한 이야기를 듣고 백화점 직원들에게 이상한 말을 떠벌렸을 수도 있었다. 여직원이 신경 쓰여 제임스에게 같이 먹자고 말했다. 제임스는 거절하지 않고 자리에 앉았다.

"제가 올 줄 알았나 보죠? 세 개나 시켰네요."

제임스는 그것도 농담이라고 지껄이며 웃었다. 하지만 나도 아내도 웃지 않았다. 제임스는 어깨를 으쓱하고는 나를 바라보았다.

"지난번엔 스테이크 안 좋아한다고 하셨잖아요?"

나는 말을 얼버무리고 와인을 들이켰다. 제임스는 빙그레 웃고 다시 한번 임신을 축하한다고 했다. 나는 고맙다고 말했다.

"고마울 게 뭐 있어요. 돈 받고 한 건데요. 물론 가끔 아내를 탐하는 줄 알고 황당한 일을 겪기도 하지만. 지난번에 저를 쫓아낸 걸 말하는 건 아니에요. 암튼, 같이 스테이크를 먹으니까 우리가 가족 같네요."

"가족요?"

어이가 없어 내가 말했다.

"가족이 뭐 대순가요. 같이 밥을 먹는 게 가족이죠. 그래서 말인데 우리도 종종 여기서 만나 스테이크 먹어요!"

이건 무슨 수작이냐고 말하고 싶었으나 여직원이 신경 쓰여 그럴 수도 없었다. 목구멍을 타고 올라오는 욕설을 참으며 창밖으로 고개를 돌렸다. 백화점 앞에는 종이 가방을 든 사람들이 더욱 늘어나 있었다. 종이 가방을 들고 버스를 타는 사람도 있었고 종이 가방을 들고 택시를 타는 사람도 있었다. 종이 가방을 들고 백화점 너머에 있는 야구장으로 가는 사람도 있었다. 나는 손부채질을 하면서 고깃덩이를 두 조각씩 찍어 입에 넣었다. 재빨리 먹고 일어나려는데 제임스가 우리의 의견도 묻지 않고 종업원을 불러 스테이크 두 개를 주문했다.

목덜미에 흘러내린 땀을 닦으며 스테이크를 먹는 제임스를 바라보았다. 그러다 언제까지 태평하게 앉아 있을 수 없어 아내에게 나가자는 눈짓을 했다. 그것도 모르고 아내는 제임스를 바라보았다. 아내는 자신이 먹던 것을 제임스 쪽으로 밀어 주었다.

"스테이크 좋아하나 봐요?"

"원더풀하게 좋아해요. 남편분 처음 만났을 때도 이곳에서 스테이크 먹었어요."

"그래요?"

아내는 고개를 끄덕이고는 제임스의 입가에 묻은 핏물을 닦아 주려고 손을 뻗었다가 나를 보고 이내 거뒀다. 그걸 알고 제임스는 냅킨으로 입술을 닦고 미소를 지었다. 화답하듯 미소를 짓는 아내를 보고 나는 창밖으로 시선을 돌렸다. 어서 이곳을 나가고 싶었다.

다음 날 백화점에 출근하자마자 신생아용품 매장으로 갔다. 여직원은 임신 소식을 들었다며 축하한다고 했다. 고맙다고 말하고는 신생아용품을 두 박스 사서 집으로 배달시켰다.

퇴근해서 집에 가자마자 백화점에서 배달된 상자를 풀어 물건을 꺼냈다. 건넌방 옆에 있는 작은방을 아이방으로 꾸몄다. 정원의 목련나무가 보이도록 아이 침대를 놓고 그 옆에는 유모차와 기저귀를 놓았다. 그 옆에는 배냇저고리, 젖병, 속싸개, 손싸개, 턱받이, 좁쌀베개를 두었다. 모빌은 천장에 못을 박아 걸었다. 방을 꾸미고 나서 아내에게 스테이크를 구워 주었다. 아내는 먹지 않았다.

"당신이나 많이 먹어. 난 이제 보기만 해도 역겨워."

말을 하지 않아도 그 이유를 알 것 같았다. 제임스를 보고 온 후 아내는 어딘가 달라져 있었다. 하지만 정확히 뭐가 달라진 건지는 알 수 없었다. 점점 냉장고에는 백화점에서 사다 놓은 스테이크용 소고기가 쌓여 갔다.

그러던 어느 날 밤에 자다 깨어나 보니 아내가 보이지 않았다. 십자가 아래에도 없어 문을 열고 거실로 나갔다. 불도 켜지 않은 주방에서 아내가 무언가를 굽고 있었다. 여보? 내가 부르는 소리를 듣지 못하고 아내는 프라이팬에서 무언가를 급히 집어 먹었다. 이 시간에 뭘 먹는 거야? 아내가 고개를 돌려 나를 쳐다보았다. 아내는 핏물이 뚝뚝 떨어지는 소고기를 손으로 집어 먹고 있었다. 순간 구역질이 나왔다. 제임스의 아이를 품고 있는 아내가 역겨웠다.

안방 욕실로 들어가 저녁에 먹은 음식물을 모두 토하고 거울을 보았다. 눈에 핏발이 선 남자가 거울 속에서 나를 쳐다보고 있었다. 주먹으로 거울 속의 남자를 쳤다. 거울 속의 남자도 나를 쳤다. 거울 속의 남자에게서 도망쳐 나와 침대에 누웠다. 잠이 오지 않았다. 핏물이 뚝뚝 떨어지는 소고기를 먹는 아내 모습이 계속 떠올랐다. 아내에게 아이를 지우자고 말했다. 당신 아이가 아니라서? 나는 대꾸를 하지 않았다. 지금이라도 아이를 지우면 제임스가 오기 전으로 되돌아갈 수 있었다. 아이 없이도 무탈하게 살 수 있다는 걸 이제야 깨달은 것이다.

"처음엔 당신 아이라고 생각했어. 제임스가 네 번째 온 날 당신과도 했으니까. 그런데 스테이크를 먹는 제임스를 보면서 그의 아이라는 걸 확신했지. 스테이크가 당긴 이유를 마침내 안 거야. 그러니 어떻게 당신 앞에서 스테이크를 먹을 수 있겠어."

스테이크를 먹는 제임스를 보지 않았다면 내 아이라고 생각했을까. 그렇지는 않았을 것이다. 스테이크가 아니어도 아내는 내 아이가 아니라는 걸 직감적으로 알았을 것이다. 단지 아내는 제임스의 아이인 줄 알면서도 내 아이라고 믿고 싶었을 뿐이다. 그게 마음이 편했을 테니까. 그래야만 제임스와 잤던 일이 없던 게 될 테니까. 내가 제임스의 아이를 내 아이로 만들려고 했던 것처럼 아내도 제임스의 아이를 내 아이로 만들려고 했던 것이다.

"아이는 지울 수 없어. 당신도 알다시피 어떻게 가진 아인데 지워. 난 아내로서의 수치심도 참고 제임스와 잤어. 당신이 애원해서 한 것도 있지만 내 의지도 반은 작용했어. 나도 아이를 갖고 싶었으니까. 이 아이는 당신의 아이도 아니고 제임스의 아이도 아니고 내 아이야."

아내는 침대로 오지 않고 작은방으로 갔다. 나는 십자가 앞으로 가서 소리쳤다. 아내의 배 속에 있는 아이는 제 아이가 아닙니다. 제발 아이를 지우게 해 주십시오. 아이를 지워 주면 교회에 빠지지 않고 나가겠습니다. 아이만 지워 주시면 지금보다 헌금을 두 배 내겠습니다. 아니 세 배의 헌금을 내겠습니다. 나는 더욱 크게 소리를 치며 작은방으로 갔다. 방문은 안에서 잠겨 있었다. 주먹으로 쾅쾅 때려도 아내는 문을 열어 주지 않았다. 다음 날도 그다음 날에도 아내는 작은방에서 잤다. 아내는 내가 출근하면 작은방에서 나와 밥을 먹고 목욕을 했고 산부인과에 다녀왔다. 그리고 내가 올 시간이면 다시 작은방으로 들어갔다.

하루는 일찍 퇴근해 들어갔다 아내와 마주쳤다. 아내는 식탁에 혼자 앉아 스테이크를 먹고 있었다. 그녀는 놀란 얼굴로 접시를 밀어내고, 왔어? 하고는 작은방으로 들어갔다. 아내의 배가 눈에 띄게 불러와 있었다. 아내는 화장을 하지 않았고 머리카락은 다듬지 않아 어깨까지 내려와 있었다.

한 집에서 따로따로 생활했지만 크게 불편하지 않았다. 가사도우미가 옷 드라이며 빨래는 물론이고 내가 먹을 음식까지 만들어 냉장고에 넣어 두었다. 아침마다 음식을 꺼내 먹는 게 귀찮았지만 그 정도는 감수할 수 있었다. 아내에게 할 말이 있으면 이제 매일 오는 가사도우미에게 하면 됐다.

하루는 잠에서 깨어 한참 동안 침대 등받이에 기대 멍하니 있었다. 그런데 어둠 속에서 아내가 누군가와 통화하는 소리가 들렸다. 까르르 웃는 아내의 웃음소리가 어둠을 가르며 파장을 일으켰다. 통화는 주기적으로 이어졌다. 어느 땐 밤이 깊도록 통화를 했다. 잠을 자다가 아내의 통화 소리에 깨는 날이 많아졌다. 가사도우미에게 아내가 밤에 누구와 통화하느냐고 묻자 그녀는 밤에는 일을 하지 않기 때문에 모른다고 했다. 같은 산부인과를 다니다 뜻 맞는 임신부를 만나 수다를 떠는 거라고 생각했다.

출산일이 일주일 앞으로 다가온 날에도 아내는 작은방에서 나오지 않았다. 양복 상의를 벗어 식탁 의자에 걸쳐 놓고 작은방 문을 열어 보았다. 아내는 왔어? 하고는 배만 어루만졌다. 문을 닫고 식탁으로 가서 가사도우미가 구워 놓은 스테이크를 먹었다. 혀에 스며드는 육즙이 아주 달았다. 스테이크가 좋아진 걸 보면 아내의 배 속에 있는 아이는 진짜 내 아이일지 모른다는 생각이 들었지만 아이가 태어나 같이 식탁에 앉아 스테이크를 먹는 상상을 하자 목덜미에 땀이 났다.

"여보, 여보……."

남은 한 조각을 먹으려는데 작은방에서 아내가 나를 불렀다. 무시하고 포크로 고기를 찍어 입에 넣었다. 여보, 여보…… 포크를 든 채 작은방 앞으로 가서 문손잡이를 돌렸다. 문이 열리면서 두 팔을 받침대처럼 뒤로 젖혀 상체를 떠받치고 앉아 있는 아내가 보였다. 둥그런 배가 터질 것처럼 튀어나와 위태로워 보였다. 얼굴은 땀으로 번들거렸고 바닥에는 오줌을 싼 듯 양수가 고여 있었다.

숨이 가쁜지 아내는 더는 말을 하지 못하고 손을 뻗어 내 바지 자락을 움켜잡았다. 나도 모르게 다리를 뒤로 뺐다. 진통이 오는지 아내는 괴성을 지르며 두 다리를 벌렸다. 바닥에 떨어진 아내의 휴대폰이 울린 건 그때였다. 아내가 휴대폰을 잡으려고 손을 뻗는 사이 나는 얼른 상체를 숙여 액정에 뜬 이름을 보았다. 제임스였다. 밤마다 아내가 통화를 한 사람은 제임스였다. 나는 발로 휴대폰을 밀어내고는 포크를 꽉 움켜쥐고 아내 앞으로 갔다. 놀랍게도 아내의 그곳이 조금씩 벌어지면서 스테이크처럼 생긴 검붉은 것이 서서히 형체를 드러내기 시작했다.

몽중방황

夢中彷徨

꿈에 본 절을 찾아가는 길이었다.

밤의 국도는 검은 물감을 풀어 놓은 것처럼 어둠에 덮여 있었다. 가속페달을 밟을수록 어둠은 물결처럼 흩어지면서 뒤로 물러났다. 꿈에서 본 절이 아니라 어둠을 찾아가는 길이라는 생각이 들 때쯤 모래재가 보였다. 중간중간 세워진 도로 표지판을 따라 모래재를 올라갔다. 산의 팔부능선에 있는 모래재를 넘어가면 절이 나올 터였다.

커브 길을 돌 때마다 어둠 속에서 흐릿한 풍경이 떠올랐다. 벚꽃 길이 보이고 절이 보이고 부처가 보이고 아버지가 보이고…… 꿈속으로 차를 몰고 가듯 모래재 터널 안으로 들어갔다. 은당사 2킬로미터. 모래재 터널을 빠져나오자 벚꽃 길이 펼쳐졌다. 그 순간 은당사에 갔던 기억이 하나둘 떠올랐다.

일주문에 차를 세우고 나는 눈앞에 펼쳐진 풍경을 바라보다 차에서 내렸다. 십여 분을 걸어 들어가자 길 끝으로 절이 보였다. 곧장 사천왕문을 지나 절 마당을 걸어 법당 문을 열고 들어갔다. 깊은 우물 속처럼 법당은 고요했다. 스님은 보이지 않고 누군가 피워 놓은 향만 타고 있었다.

나는 제단 앞으로 다가가 부처를 바라보았다. 어딜 가나 부처의 얼굴은 비슷해서 구분하기 쉽지 않았지만 입 모양을 보니 꿈에서 본 부처였다. 학교에서 돌아오면 나는 전시회에 출품할 불상을 조각했는데, 불상을 조각할 때 가장 신경 쓰는 부분이 입이었다. 입 모양이 틀어지면 표정이 달라졌다. 표정이 달라지면 원래 조각하려던 얼굴과는 다른 얼굴이 나왔다. 그 때문에 눈과 코보다는 입 모양을 다듬을 때 더 많은 공을 들였다. 한참 동안 부처의 얼굴을 바라보는데 아버지의 얼굴이 겹쳐졌다 사라졌다. 나는 상자에서 향을 꺼내 불을 붙여 누군가 피워 놓은 향 옆에 꽂았다. 그리고 만 원 짜리 두 장을 불전함에 넣고 법당을 나와 찻집으로 들어갔다.

"은당사는 겨울이 아름다워요. 눈이 내리는 겨울에 저 길을 걸어오면 부처를 본대요."

탁자에 찻잔을 내려놓으며 여자가 말했다. 걸어오다 부처를 보진 못했지만 때아닌 꽃구경은 했다. 사월에만 벚꽃이 피는 줄 알았는데 운 좋게 십이월에 만발한 꽃을 본 것이다.

나는 창밖으로 향했던 시선을 거두고 실내를 둘러보았다. 정면으로 벽난로가 있었고 그 옆으로는 탁자와 의자가 놓여 있었다. 벽에는 흑백사진이 다닥다닥 붙어 있었는데 절을 찾은 불자들이 찍은 기념사진이었다. 손님은 벽난로 쪽에 앉은 남녀와 통유리 창가에 앉아 만화를 그리는 사내가 전부였다. 하얀 피부를 가진 사내는 내 나이 또래로 보였다. 엄지와 검지와 중지가 뚫린 미술용 장갑을 낀 손으로 스타일러스 펜을 잡고 태블릿에 만화를 그리고 있었다. 사내는 이내 태블릿과 스타일러스 펜을 가방에 집어넣고 여자와 수화로 대화를 하더니 찻집을 나갔다.

"말을 못해서 버림받았어요. 그 상처 때문에 겨울이면 이곳을 찾아와 저 창가에서 만화를 그리죠. 상처 난 유년은 어른이 되어 한바탕 홍역을 치르니까요. 근데 이곳엔 어쩐 일로 왔어요?"

간이 정류장으로 내려가는 사내를 보며 여자가 물었다.

"꿈에서 본 절을 찾아왔어요."

간밤의 꿈속에서 나는 끝없이 이어진 길을 걸어가고 있었다. 얼마나 더 가야 절이 나올까. 해가 질 때까지 걸어도 절이 나오지 않아 돌아가려는데 문득 풍경 소리가 들렸다. 풍경 소리를 따라갔을 때 마침내 절이 나왔다. 그 절에서 독경을 읊조리는 아버지를 보았다. 다른 때 같으면 휘발되었을 꿈이 또렷하게 떠올랐다. 그런데 그곳이 어디인지 알 수 없었다. 동고사, 서고사, 남고사, 위봉사, 금당사, 은적사, 소요사, 망해사…… 지금껏 간 절을 하나하나 떠올렸지만 딱히 들어맞는 곳이 없었다. 학술 세미나를 갔다 우연히 들른 만복사도 아니었다.

나는 이불을 들추고 일어나 건넌방으로 가서 책상 서랍에 있는 앨범을 뒤졌다. 첫 장에는 백일 사진과 돌 사진이 나란히 박혀 있었다. 백일 사진은 어머니와 사진관에서 찍은 것이었다. 돌 사진은 어머니와 같은 사진관에서 다른 옷을 입고 찍은 것이었다. 사진은 연도별로 차곡차곡 끼워져 있었다. 죄다 어머니와 단둘이 찍은 것뿐 아버지와 찍은 사진은 없었다. 반절쯤 넘겼을 때 절 사진이 나왔다. 동고사였다. 시 외곽에 있는 절로 대웅전 앞에 서면 시내가 한눈에 내려다보여 불상을 조각하다 손이 빗나갈 때마다 머리를 식히려고 찾는 곳이었다. 동고사는 아내를 만나기 전부터 다녔으니 얼추 십오 년 넘게 다닌 절이었다.

앨범에서 절이 나올 때마다 꿈속의 절과 비교를 했다. 이거다 싶으면 일주문이 달랐고 사천왕문이 달랐다. 앨범의 끝장을 넘길 때까지 꿈속의 절은 나오지 않았다. 결국 아내의 앨범을 꺼냈다. 아내의 앨범은 내 것과는 달랐다. 내가 어머니와 단둘이 찍은 사진이 대부분이었다면 아내는 장인과 장모와 셋이 찍은 게 많았다. 아내의 앨범을 다 뒤졌지만 역시 꿈속의 절은 나오지 않았다.

학교에서도 꿈속의 절만 생각하다 집에 돌아왔다. 그런데 아버지 첫 기일이라 어머니 집에 가려고 외투를 걸치다 텔레비전에서 그 절을 보았다. 빨리 준비해. 어서 가서 제사 음식 배달시킨 것 제대로 왔나 확인해야 해. 아내가 어머니 집에 가져갈 사과 상자를 챙기라며 재촉해서 손에 들긴 했지만 화면에서 눈을 뗄 수 없었다.

"저곳이 어디야?"

옷을 갈아입던 아내가 힐끔 텔레비전을 바라보았다.

"주말마다 절을 다니면서 그것도 몰라? 은당사잖아."

"어디에 있는데?"

"모래재 너머."

아내가 베란다 너머 어둠에 덮인 모래재를 가리켰다. 나는 사과 상자를 얼른 내려놓고 현관문을 열었다. 택시 타고 먼저 가. 곧 따라갈 테니까. 옷을 갈아입은 아내가 현관문으로 달려와 어디에 가냐고 물었다. 나는 들은 척도 않고 집을 나와 아파트 주차장으로 뛰어갔다. 모래재라면 왕복 두 시간이면 다녀올 수 있는 거리였다.

벽난로 쪽에 앉은 남자가 여자 옆쪽으로 자리를 바꿔 앉았다. 남자는 계속 여자의 귀에 대고 말을 속삭였고 그럴 때마다 여자는 웃었다. 찻집에 여자의 웃음소리가 울려 퍼졌다. 남자는 여자의 어깨에 손을 올려 자기 쪽으로 끌어당겼다. 창밖에서 하나둘 눈발이 날리고 있었다.

차를 한 모금 마시고 벽난로 오른쪽에 있는 주방을 바라보았다. 주방에는 찻잔들이 가지런히 놓여 있을 뿐 어릴 적 본 찻집여자는 없었다. 실내를 찬찬히 둘러보고 있는데 아내에게 전화가 왔다. 차 한 잔 마시고 출발할 요량이라 전화를 받지 않았다.

아내는 임신 중이었다. 내년 봄이면 나는 아버지가 된다. 아내가 임신했다고 처음 말했을 때는 기쁨보다 겁이 났다. 내 나이 서른세 살에 아버지가 된다니. 아버지가 나를 낳은 나이도 서른세 살이었다. 빠른 나이에 아버지가 되는 것도 아닌데 불안감은 커졌다. 마치 무언가에 덜컥 발목이 잡힌 기분이었다. 준비도 없이 아버지가 되는 것 같았다.

나는 휴대폰을 주머니에 넣고 창밖을 바라보았다. 비닐하우스처럼 긴 벚꽃 길 속으로 버스가 들어오고 있었다. 누군가 길 저편에서 손전등을 흔드는 것처럼 나뭇가지 사이로 헤드라이트 불빛이 튀어 올랐다. 버스가 들어올수록 헤드라이트 불빛은 내가 앉아 있는 곳까지 비췄다. 이내 길을 빠져나온 버스는 간이 정류장에 서 있는 사내를 태우고 차머리를 돌려 나갔다. 버스 뒤창으로 사내의 흔들리는 모습이 보였다.

내가 아버지를 따라 이곳에 온 것은 일곱 살 때였다. 친척 결혼식에 갔다 오는 길에 아버지는 집으로 가지 않고 버스를 탔다. 어디에 가냐고 물어도 아버지는 대답을 하지 않았다. 버스가 시내를 빠져나가 국도를 달릴 때까지 아버지는 창밖만 바라보았다. 한 시간을 달려 버스가 일주문에 멈추었을 때 아버지는 나를 데리고 내렸다.

"이 길을 걸어가면 천 년 전에 지은 절이 나온단다. 네게 꼭 보여주고 싶은 절이지."

아버지를 따라 걸어갔지만 걸어도 걸어도 절은 나오지 않았다.

다리가 아프다며 나는 땅에 주저앉아 나무 위로 돌을 던졌다. 아버지는 나를 번쩍 들어 올려 품에 안고 다시 걸어갔다.

법당에 들어서자 아버지는 향을 피운 뒤 부처에게 삼배하고 가부좌를 틀고 앉았다. '무상심심미묘법 백천만겁난조우 아금문견득수지 원해여래진실의……' 부처님 법은 너무 깊고 넓고 훌륭하고 미묘해서 그것보다 높은 것은 없다. 헤아릴 수도 없는 수억만 년의 오랜 세월이 흘러도 부처님 법은 만나기 어렵다. 그렇게 만나기 어려운 인연을 지금 내가 듣고 보고 얻어 지녔다. 그러니 여래의 진실한 뜻을 알게 해 달라. 고요한 법당에 아버지의 독경 소리가 울려 퍼졌다.

아버지는 '아금문견득수지'란 문구를 가장 좋아했다. 만나기 어려운 인연을 지금 듣고 보고 얻어 지녔다는 뜻을 가진 아금문견득수지. 아버지와 부처의 인연만큼이나 나와 아버지의 인연도 만나기 어려운 인연이 닿아 세상에서 가장 가까운 인연이 됐다는 것이다. 나는 아금문견득수지를 읊조리다 매캐한 향냄새에 코를 찡그렸다. 실처럼 가늘게 피어오른 향 연기가 밖으로 빠져나가지 못하고 천장까지 올라갔다 내려와 자욱하게 고였다. 향냄새가 싫어 아버지 모르게 밖으로 나갔다.

산꼭대기에 걸린 해가 막 넘어가고 있었다. 해가 지자 산꼭대기에 앉아 있던 어둠이 산을 내려왔다. 어둠은 야금야금 산자락을 먹어 치웠다. 산의 형체가 사라진 자리에는 어둠이 들어찼다.

마침내 어둠은 산을 모조리 삼키고 내려와 땅 위에 있는 것을 닥치는 대로 먹어 치웠다. 빛의 잔영까지 모조리 빨아들이자 사방은 어둠에 휩싸였다. 리모컨의 정지 버튼을 누른 것처럼 풍경 소리가 뚝 끊기는가 싶더니 아버지의 독경 소리도 멈췄다. 어둠은 주위를 두리번거리다 나를 향해 걸어왔다. 한 발씩 한 발씩 걸어올 때마다 치렁치렁한 꼬리가 사방으로 휘날렸다. 놈은 찻집 앞에서 휘날리는 꼬리를 한 겹 한 겹 잡아당겨 목에 걸치더니 사천왕문을 뛰어넘어왔다. 쿵, 하고 내려앉은 어둠이 절 마당에 우뚝 섰다. 거대한 그림자가 내 발밑에 닿았다. 그림자는 나보다 열 배는 컸다. 나는 뒤로 한 발 물러났다. 어둠은 나를 노려보더니 두 팔로 기지개를 펴면서 하품을 했다. 칠흑 같은 입 속으로 조금 전에 먹어 치운 산이 보였다. 재채기를 하면 먹은 산들이 입 속에서 튀어나올 것 같았다. 어둠은 소리 없이 포효하면서 절 마당에 있는 보리수나무를 먹어 치웠다. 석등을 먹어 치우고 요사채를 먹어 치우고 범종을 먹어 치우며 나에게 저벅저벅 걸어왔다. 어둠이 걸어올 때마다 나는 뒤로 물러났다.

어둠이 절 마당에 있는 그림자를 모조리 먹어 치우는 걸 보고 나는 무서워서 뒤로 돌아섰다. 이제 어둠이 내 그림자를 먹기 시작했다. 다리를 먹고 배를 먹고 가슴을 먹고 팔을 먹고 목을 먹었다. 그리고 머리를 먹으려는 찰나 처마 끝에 매달린 풍경이 울렸다. 챙그렁. 풍경 소리에 놀란 어둠이 뒤로 한 발 물러나는 사이 법당으로 나는 뛰어 들어갔다.

"어둠이 와요. 저게 산을 먹고 내 그림자까지 삼켰어요."

어둠은 법당 안으로 들어오지 못하고 나를 노려보았다. 나는 아버지의 손을 잡아끌고 절 마당에 서 있는 어둠을 가리켰다.

"저것 봐요. 이러다간 어둠이 아버지의 그림자도 먹어 치울 거예요."

아버지는 웃으며 절 마당을 바라보았다.

"이제 밤이 찾아온 거야. 밤이 어둠을 몰고 온 게야."

스님이 절 마당을 따라 빙 둘러 있는 석등에 불을 붙이자 어둠이 지붕 위로 올라갔다. 스님이 걸어갈 때마다 석등에는 달무리 같은 무늬가 생겨났다. 요사채가 생겨나고 석등이 생겨나고 보리수나무가 생겨났다. 사천왕문 석등까지 불을 밝혔을 때 절 마당은 노란 무늬들로 일렁거렸다.

아버지는 두 손을 모아 스님에게 합장을 했다. 하룻밤 묵어가라는 스님의 말에 아버지는 합장만 하고 절을 나섰다. 버스가 경적을 울렸다. 그런데 아버지가 간이 정류장을 지나쳤다. 나는 뒤를 돌아 간이 정류장으로 뛰어갔다. 아버지가 나를 불렀지만 가지 않고 그 자리에 버티고 섰다. 버스운전사는 출발하지 못하고 문을 열어 놓은 채 아버지와 나를 기다렸다. 아버지는 버스를 보내고 나를 번쩍 들어 안아 찻집으로 갔다. 찻집 문을 열고 들어가자 주방에 있던 찻집여자가 아버지를 보고 뛰어나왔다. 찻집여자는 목이 깊게 파인 검은 옷을 입고 있었는데 눈매가 아주 깊었다. 낯가림이 심한 나는 아버지 뒤에 숨었다.

"아빠를 빼닮았네. 눈도 닮았고 코도 닮았고 입도 닮았고."

찻집여자는 아버지 뒤로 다가와 나를 끌어안았다. 찻집여자의 몸에서 분 냄새가 났다. 그 냄새는 어머니와 다른 냄새였다. 분 냄새가 좋아 찻집여자의 목을 끌어안았다.

아버지와 나는 찻집여자가 차려 준 저녁을 먹고 차를 마셨다. 아버지는 집에서와 달리 말을 많이 했다. 집에 있을 때면 아버지는 어머니와 꼭 필요한 말만 했다. 하루에 한마디 하지 않고 지나가는 날도 많았다. 어머니는 용건이 있을 땐 메모를 해서 내게 주었다. 그러면 나는 메모지를 아버지가 볼 수 있도록 서재방 책상에 놓았다. 기역자형으로 된 집은 마루를 중심으로 왼쪽이 서재방이었고 가운데가 안방이었고 오른쪽이 내 방이었다. 세 개의 방은 마루를 중심으로 연결되어 있었다. 아버지는 대부분 서재방에서 생활했고 어머니는 안방에서 생활했다. 둘이 같이 있는 경우는 없었다.

나는 집에 있는 어머니를 떠올리다 꾸벅꾸벅 졸았다. 찻집여자는 두 손으로 턱을 괴고 아버지 이야기를 들었다. 졸음을 참지 못하고 탁자에 얼굴을 파묻었다. 사나운 바람 소리에 눈을 떴을 땐 사과 상자만 한 창문으로 눈발이 몰아치고 있었다. 여기가 어딜까. 어둠 속에서 방 안에 있는 물건을 살펴보았지만 내 것은 보이지 않았다. 내 방이 아니었다. 병풍이 펼쳐져 있는 서재방도 아니었다.

악몽을 꾸다 깨어날 때처럼 아버지를 불렀다. 아버지의 목소리는 들리지 않고 풍경 소리만 들렸다. 아버지는 어디에 갔을까. 이 깊은 밤에 나를 두고 어디에 간 것일까. 아버지에게 버려져 세상에 혼자 있는 것 같은 외로움에 바르르 몸을 떨었다.

나는 아버지를 찾기 위해 문을 열고 나갔다. 신발을 찾아 신고 대각선 방향에 있는 불 켜진 찻집으로 가려는데 지붕에 숨어 있던 어둠이 풍경 위로 고개를 내밀었다. 챙그렁. 어둠은 허공으로 폴짝 뛰어오르더니 풍경 소리를 타고 내려와 내 입 속으로 들어왔다. 어둠은 내 혈관을 타고 돌아다니며 몸을 뒤흔들었다. 오줌이 마렵고 속이 터질 듯 부풀어 올랐다. 쫓아내려고 눈 위를 힘차게 뒹굴었지만 어둠은 내 안에서 나가지 않았다. 그것을 쫓아내기 위해 소리를 지르며 찻집 문을 열고 들어갔다. 순간 찻집여자를 안고 있는 아버지와 눈이 마주쳤다.

벽난로 쪽에 앉은 남녀가 나가자 찻집은 고요해졌다. 남녀는 눈을 맞으며 간이 정류장을 지나 일주문으로 내려갔다. 눈은 점점 더 내렸다. 여자는 주방에서 찻잔을 씻고 나와 벽난로에 장작을 집어넣었다.

차를 한 모금 마시고 창밖에 있는 방을 바라보았다. 어릴 적 내가 잠든 그 방은 이제 사용하지 않는지 장작더미가 문 앞에 쌓여 있었다. 가만히 그 방을 보고 있자 아버지의 꿈을 꾸고 난 것처럼 가슴 깊은 곳에서 외로움이 밀려왔다. 또 차를 한 모금 마시는데 아내에게 전화가 왔다. 어디냐고 물을 것 같아 전화를 받지 않고 자리에서 일어났다.

"가시게요?"

벽난로 앞에 있던 여자가 물었다.

"눈이 더 오기 전에 가야 할 것 같아요."

찻집을 나와 보니 안에서 볼 때보다 눈이 많이 와 있었다. 길 가장자리를 따라 걸어갔다. 구두가 눈 속에 묻히기 시작했다. 들어올 때와 달리 나가는 길은 더뎠다. 눈이 얼마나 퍼붓는지 앞이 잘 보이지 않았다. 외투 속으로 찬바람이 파고들었다. 중간쯤 내려갔을 때 아내에게 문자가 왔다. 혹시 은당사에 간 거야? 은당사라는 말은 하지 않고 지금 가고 있다고 문자를 보낸 후 일주문을 향해 뛰어갔다.

일주문 앞에 세워 둔 차는 어느새 눈에 덮여 있었다. 차 앞 유리에 쌓인 눈을 밀어내고 운전석에 올라 시동을 걸었다. 차는 앞으로 조금 나아가다 멈췄다. 차창을 내리고 아래를 내려다보았다. 바퀴를 반쯤 덮은 눈 때문에 바퀴가 미끄러지며 헛돌았다. 지나가는 차도 없었다. 풍경 소리만 간간이 들려왔다. 한참을 그러고 있는데 요사채 뒤쪽에서 공사용 트럭이 내려왔다. 공사용 트럭도 눈 때문에 일주문을 넘어가지 못하고 차머리를 돌렸다.

나는 운전대에 이마를 박았다. 빠앙, 하고 경적음이 울렸다. 이

내 운전대에 박은 이마를 떼고 보험회사 긴급출동 서비스팀에 전화를 걸었다. 전화를 받지 않았다. 세 번을 해서야 겨우 통화가 됐다. 직원에게 상황을 설명하자 한 시간 내에 견인차가 도착한다고 말했다. 견인차가 올 때까지 기다릴 작정을 하고 찻집으로 갔다.

"눈이 많이 와서 차바퀴가 묻혔어요."

"어디다 주차했는데요?"

여자가 물었다.

"일주문 앞에요."

"벌써 거기가 그렇게 쌓였단 말이에요? 이를 어떡하지."

"견인차 불렀어요."

"여긴 한 번 눈이 내리면 쉽게 그치지 않는데……."

머리에 쌓인 눈을 털고 창가에 앉자 여자가 국화차를 내왔다. 여자는 찻잔에 뜨거운 물을 부었다. 찻잔 안에 놓인 마른 국화가 아침 꽃처럼 조금씩 피어났다. 노랗게 우러난 국화차를 천천히 마셨다. 요사채에서 나온 스님이 석등에 불을 켜고 있었다. 서너 걸음 간격으로 세워진 석등에 불이 켜질 때마다 주변이 조금씩 환해졌다. 여자는 탁자에 턱을 괴고 석등에 불을 켜는 스님을 하염없이 바라보았다. 스님의 머리 위로 눈이 내려앉았다. 스님은 머리에 쌓인 눈을 손으로 털어 내고 법당에 들어갔다. 법당 문으로 가부좌를 틀고 앉아 있는 스님의 그림자가 생겨났다.

"아버지와 처음 이곳에 왔을 때도 눈이 왔죠. 지금처럼……."

국화차를 또 한 모금 마시고 나는 말했다.

"제가 이 찻집에 왔을 땐 빈 집이었어요. 주지스님 말로는 이 찻집을 하던 여자가 어느 날 절에 와서 찻집을 기증하고 떠났대요."

"그게 언젠데요?"

"작년 겨울이요."

"혹시 그분 사진 있나요?"

"찾아보면 있을 거예요."

아버지가 돌아가셨다는 소식을 어머니에게 전해 들은 작년 겨울, 나는 조각칼로 불상을 다듬고 있었다. 어릴 적부터 본 동고사 부처를 다듬고 있어서인지 다른 날과 달리 조각칼을 움직이는 손놀림이 빨랐다. 오랜만에 멋진 불상이 만들어질 것 같은 예감이 들었다. 조각칼로 코를 다듬고 눈매를 다듬을 때 나무에서 베어져 나오는 냄새도 아주 좋았다. 턱선을 갸름하게 다듬은 다음 끝으로 입술을 다듬고 나서 조각칼을 내려놓는데 동고사 부처가 아닌 아버지의 얼굴이 나무 속에 들어앉아 있었다. 부처의 얼굴에 아버지의 얼굴을 새겨 넣은 것이었다.

"여기 있어요."

나는 여자가 벽에서 떼어 준 사진을 바라보았다. 목이 깊게 파인 옷을 입은 여자가 아버지와 찍은 사진이었다. 나는 고개를 갸웃거렸다. 어릴 적 찻집여자와 어딘지 달라 보이는 것 같았다. 여자가 찻집여자를 아냐고 물었다. 어릴 적 아버지와 이곳에 왔다가 찻집

여자가 차려 준 저녁을 먹고 차를 마셨다고 했다. 여자는 사진으로만 찻집여자를 봤다고 했다. 사진을 되돌려 주고 어떻게 찻집을 하게 됐는지 물었다.

"눈 때문에 발목이 잡혔죠. 결혼할 남자와 왔다 그 남자는 스님이 되고 저는 이 찻집에 눌러앉았어요. 같이 저 길을 걸어와서는 그러더라고요. 출가해야겠다고. 농담인 줄 알고 웃었지만 그 남자는 웃지 않았어요. 결혼식 날을 잡았는데 출가라니요. 그게 다 저 길 때문이죠. 저 길을 걸어오다 그 남자는 부처를 본 거예요."

"부처를요?"

여자는 고개를 끄덕이고 말을 이어 갔다.

"그날 그 남자는 법당에 앉아 부처만 바라봤어요. 저는 그 남자만 바라보았고. 지독한 밤이었죠. 마음을 돌리려고 별짓을 다했으니까요. 부처 앞에서 같이 간 곳, 같이 잔 여관, 사랑한 순간을 하나하나 환기시키며 회유하고 협박하고 매달렸죠. 하지만 그 남자는 끄떡도 안 했어요. 그래서 동이 트자마자 법당 문을 박차고 나갔죠. 그런데 밤새 내린 눈 때문에 버스가 들어오지 않았어요. 별 수 없이 또 하루를 묵었어요. 하루만 더 있다 가자, 하루 더 있는다고 뭐가 달라지겠나. 하루가 이틀이 되고 이틀이 사흘이 되고 사흘이 나흘이 됐어요. 일주문까지 갔다 돌아온 게 백 번도 넘을 거예요. 그러다 생각을 바꿨죠."

"부처를 본 건가요?"

"봤죠. 그것도 생불을요. 그 남자가 내게는 부처였죠. 하지만 저 하나 구제해 주지 못하는 부처가 무슨 의미가 있어요. 만인을 구하고 저 하나 구해 주지 못하는 부처가 무슨 의미가 있냐고요."

아버지도 저 길을 걸어오다 부처를 본 것일까. 아버지는 은당사에 다녀온 후 출가했다. 출가하는 날 아버지는 내 손을 잡고 당신을 보고 싶으면 은당사에 오라고 했다. 아버지가 짐을 챙겨 서재방을 나간 후 나는 병풍을 바라보았다. 아버지의 출가로 인해 세상에서 가장 가까운 인연이 깨진 것이다.

그날 밤 어머니는 아버지의 사진과 서재방에 있는 불교 경전과 구두를 상자에 넣어 다락방에 올렸다. 아버지의 물건이 치워진 서재방은 휑했다. 아버지가 산 흔적은 어디에도 없었다. 불교 경전도 앉은뱅이책상도 옷도 구두도 남아 있지 않았다. 달랑 병풍만이 벽을 따라 펼쳐져 있었다. 해와 달이 있는 병풍이었다. 해는 왼쪽에 달은 오른쪽에 떠 있었는데 해와 달 사이에는 높은 산들이 솟아 있었다. 해가 떠 있는 쪽은 밝았고 달이 떠 있는 쪽은 어두웠다. 창밖에서 해가 뜨면 병풍 속의 해도 떴고 밤이 되어 달이 뜨면 병풍 속의 달도 떴다. 창밖의 달이 움직일 때마다 병풍 속의 달도 따라 움직였다. 달은 늘 노스님이 기거하는 산속 암자에서 멈췄다. 밤이 깊어지면 암자에서 독경 소리가 났다. 독경 소리를 듣고 있으면 아버지는 출가한 게 아니라 병풍 속의 암자로 걸어 들어갔을 거라는 생각이 들었다.

아버지가 없는 서재방에서 혼자 잘 때마다 병풍에서 독경 소리가 흘러나왔다. 그러던 어느 날 밤에 나는 독경 소리를 따라 병풍 속으로 걸어 들어갔다. 병풍 속은 넓었다. 밖에서 본 것보다 산은 높았고 해와 달은 컸다. 독경 소리를 따라 산길을 올라가자 암자가 나왔다. 암자에는 면벽수도를 하는 노스님만 보일 뿐 아버지는 보이지 않았다. 암자를 내려와 달이 떠 있는 산으로 올라갔다. 달빛이 교교하게 산자락을 비췄다. 어디선가 희미하게 독경 소리가 났다. 독경 소리를 따라 또다시 산속을 돌아다녔지만 아버지는 보이지 않았다. 아버지를 찾지 못하고 산을 내려왔을 때는 아침이었다.

밤마다 아버지를 찾아 병풍 속으로 걸어 들어갔다. 보다 못한 어머니는 병풍을 다락방에 처넣고 서재방을 잠갔다. 봄이 왔고 여름이 왔고 가을이 왔고 또 겨울이 왔다. 겨울이 올 때마다 나는 키가 컸고 말수가 줄어들었다. 어머니는 아버지의 빈자리를 메워 주기 위해 분주하게 움직였다. 언제나 아버지의 자리에는 어머니가 앉아 있었다. 어머니가 나의 아버지였다. 나는 어머니를 아버지로 여기고 가슴속에서 아버지를 지워 냈다. 또 봄이 왔고 여름이 왔고 가을이 왔고 겨울이 왔고, 다시 봄이 왔다. 계절이 바뀔 때마다 나는 아버지와 은당사에 간 기억을 조금씩 잊었다. 대학을 졸업할 때까지 아버지를 잊고 살았다. 심지어 결혼식장에서도 아버지를 떠올리지 않았다.

어머니가 서재방의 문을 연 것은 내가 결혼한 후였다. 갈 때마다 결혼 전 쓰던 방에서 아내와 자는 게 좁아 보였던지 어머니는 서재방을 도배해서 새롭게 꾸몄다. 어머니가 꾸민 서재방을 보고 아내는 감탄했다. 신혼방 같아. 침대도 새 것이고 콘솔도 새 것이고. 콘솔에 올려놓은 부처상은 우리 집에 갖다 놓자. 근데 왜 여기는 도배를 안 했지? 다락방으로 올라가는 문은 도배를 않고 부처상으로 가려 놓은 것이다.

아내가 어머니를 따라 홈플러스에 간 사이 부처상을 옆으로 밀친 후 다락방 문을 열고 나무 계단을 올라갔다. 수학여행 때 들어간 무령왕릉처럼 다락방은 시간이 정지된 듯 적막했다. 발을 딛자 나무 바닥이 삐거덕거렸다. 삐거덕 소리에 놀란 쥐가 내 발등을 밟고 병풍 뒤로 들어갔다. 병풍 아래 있는 상자를 열었다. 부옇게 먼지가 일면서 불교 경전이 눈에 들어왔다.

또 다른 상자를 열자 아버지 구두가 나왔다. 색이 바래고 쪼그라든 구두에 발을 넣어 보았다. 아버지의 구두는 내게 딱 맞았다. 아버지 구두를 신고 다락방 안을 걸어 다녔다. 구둣발자국 소리가 다락방 안에 울렸다. 그 소리는 풍경 소리처럼 아득하게 들려왔다. 구두를 벗고 먼지에 쌓인 병풍을 펼쳤다. 병풍 속에서 접혀진 해와 달이 하얗게 솟아올랐다. 해와 달은 색이 바래 어느 게 해이고 어느 게 달인지 알 수 없었고 면벽수도를 하는 노스님은 등이 반쯤 사라져 손대면 지워질 것 같았다. 병풍 속에서도 세월은 흘러갔다. 나는 병풍을 접어 놓고 아버지가 밤마다 보았던 불교 경전을 펴 보았다. 불교 경전 속에서 사진이 떨어졌다. 사진을 들고 병풍 뒤에 가려진 창가로 가서 햇빛에 비췄다. 아버지가 찻집여자와 찍은 사진이었다.

다락방에서 아버지 사진을 가지고 내려오다 어머니와 부딪쳤다. 어머니는 아무 말 없었지만 다음번에 내려갔을 때 다락방 문은 도배가 되어 있었다. 다락으로 올라가는 문이 사라지고 없던 것이다. 그 밤부터 아버지 꿈을 꾸었다. 어느 땐 소리를 지르며 깨어났고 어느 땐 식은땀을 흘리며 깨어났다. 꿈을 꾸고 나면 지독하게 외로워 아내의 품속으로 파고들었다.

아내가 아버지 사진을 본 것은 세탁소에 양복을 맡기려던 참이었다. 양복 주머니를 뒤지다 지갑 안에 든 사진을 본 것이다. 이게 누구야? 아버님이구나. 어쩌면 당신은 아버님을 쏙 빼닮았네. 근데 아버님 옆에 있는 사람이 어머님 맞아? 그럼 어머니지 누구야? 아내는 믿기지 않는다는 눈으로 뚫어져라 사진을 쳐다보았다. 어머니 아닌 것 같은데? 어머니라니까. 어머님은 쌍꺼풀이 없는데. 아내는 사진을 내 앞에 바짝 들이댔다. 이 눈 좀 봐. 이게 어머니 눈이야? 괜히 아내가 얄미워 사진을 빼앗아 지갑에 넣었다. 아내의 말대로 어머니는 쌍꺼풀이 없었다.

아내는 거기서 그치지 않았다. 아버님은 왜 출가하셨어? 어머님도 있고 당신도 있는데 출가했다는 건 이해가 안 가. 어머님과 사이가 나빴던 거야? 아님 자식까지 버릴 정도로 종교적 신념이 강

하셨어? 대꾸를 않자 아내는 내가 읽던 미술 잡지를 낚아채며 물었다. 그나저나 아버님 사진은 어디서 났어? 집에 아버님 사진은 한 장도 없었는데. 결혼 전 아내가 아버지에 대해 물었을 때처럼 입을 다물었다. 아버지 이야기가 나오면 습관적으로 몸이 굳었다. 내가 미술 잡지를 빼앗자 아내가 다시 물었다.

"당신은 아버님에 대해 물으면 입을 다물면서 꿈속에선 왜 그렇게 찾았어?"

나는 빤히 아내를 쳐다보았다.

"내가 아버지를 찾았다고?"

"아버지, 아버지, 하고 애타게 불렀어. 마치 자신을 바라봐 달라고 떼쓰는 아이처럼."

미술 잡지를 움켜쥐고 찬찬히 꿈을 떠올려 보니 아내의 말이 맞았다. 꿈속에서도 나는 법당에서 독경을 읊조리는 아버지를 불렀다. 하지만 아버지는 돌아보지 않았다.

더 이상 아내에게 전화가 오지 않았다. 견인차도 오지 않고 풍경 소리만 들렸다.

"조금만 더 기다려 보세요. 눈이 쌓인 모래재를 올라오는 게 쉬운 일은 아니잖아요."

여자가 내 찻잔에 뜨거운 물을 부어 주었다. 다시 국화꽃 냄새가 났다. 차를 마시며 법당을 바라보았다. 스님은 여전히 가부좌를 틀고 앉아 독경을 읊조리고 있었다. 나는 여자에게 이곳에서 출가한 남자는 어떻게 되었냐고 물었다. 남자는 지금 동안거에 들어갔다고 했다. 동안거에 들어가기 전에는 밤마다 석등에 불을 켜고 법당에 들어가 독경을 읊조렸다고. 순간 스님이 석등에 불을 켤 때 하염없이 지켜보던 여자의 눈빛이 떠올랐다. 여자는 아직도 출가한 남자를 기다린다고 했다. 그래서 매일 아침 법당에 들어가 남자가 돌아오라고 염불을 한다고. 그러다 보면 남자가 돌아올 거라고 했다.

나는 지갑에서 아버지 사진을 꺼내 보았다. 사진 속에서 아버지는 찻집여자를 바라보며 웃고 있었다. 그날 밤 은당사에서의 기억은 아버지와 눈이 마주친 순간 끊겨 버렸다. 눈을 떴을 땐 서재방이었다. 아버지는 걱정스런 눈빛으로 나를 바라보더니 손으로 땀에 젖은 이마를 짚었다. 아버지가 찻집여자를 안고 있는 모습이 떠올라 질끈 눈을 감았다. 아버지는 내 이마를 손바닥으로 쓸어내리며 말했다.

"어릴 땐 좋은 꿈보단 안 좋은 꿈을 꾸는 거란다. 몽중방황이지. 밤새 너는 꿈을 꾸면서 눈 속을 헤매고 다닌 거야."

나는 벽난로 앞으로 다가가 타다 남은 장작 불씨에 사진을 올려놓았다. 불길이 솟아올라 아버지는 순식간에 재로 변했다. 여자의 말대로 상처 난 유년은 어른이 되어 한바탕 홍역을 치르는지도 몰랐다. 지금껏 아버지와 은당사에 간 기억을 잊었다고 했지만 결국 잊지 못한 것이다. 잊으려고 한 기억이 고스란히 꿈에 나왔기 때문이다. 아금문견득수지라고 했던가. 만나기 어려운 인연을 지금 듣고 보고 얻어 지녔다는 뜻을 가진 아금문견득수지. 비로소 오늘밤에야 나는 끊었던 아버지와의 인연을 다시 이은 것 같았다. 눈은 그칠 줄 모르고 달이 없는 천지에서 풍경 소리만 아득하게 들려왔다.

나뭇가지에
걸린
남자

눈을 떴을 때 나는 빨랫줄에 반으로 접어 널어놓은 셔츠처럼 나뭇가지에 엎어져 있었다. 어쩌다 나뭇가지에 걸렸을까. 아무런 기억이 나지 않았다. 나는 나무줄기를 타고 아래로 내려가기 위해 등을 움직였다. 등에 못을 박은 것처럼 몸이 꿈쩍을 하지 않았다. 고개를 돌려 줄기까지의 거리를 가늠했다. 줄기까지는 엉덩이를 다섯 번쯤 움직이면 닿을 거리였다. 등 대신 엉덩이를 뒤로 쭉 뺐다. 한 뼘쯤 뒤로 간 엉덩이는 등을 내리찍는 통증을 견디지 못하고 원래 자리로 당겨졌다.

통증이 가라앉기를 기다리며 내 몸통만 한 나뭇가지를 끌어안았다. 손가락 끝에 볼펜 용수철만 한 쐐기벌레가 만져졌다. 손가락으로 튕기자 쐐기벌레는 찢어진 바지 자락에 떨어졌다. 쐐기벌레를 털어 내기 위해 두 다리를 맞부딪치려고 했지만 움직이지 않았다. 손을 뻗어 쐐기벌레를 털어 내고 다리를 만져 보았다. 아무런 감각이 없었다. 나는 주변을 둘러보았다.

내가 걸려 있는 나무는 수령이 이백 년쯤 된 떡갈나무였는데, 얼마나 큰지 가지가 하늘에 뿌리를 내린 것처럼 사방으로 뻗쳐 있었다. 떡갈나무 왼쪽은 산비탈이었고 오른쪽은 터널이었다. 땅바닥까지의 거리는 꽤 됐다. 아파트 사 층 정도의 높이였다. 현기증을 느끼며 나는 터널 속에서 나오는 봉고차를 향해 소리를 질렀다. 사람 살려. 봉고차는 나를 발견하지 못하고 이내 우회전을 해서 구불구불한 산길을 내려갔다. 봉고차가 멀어질 때까지 목이 터져라 외쳤으나 내가 지르는 소리는 메아리가 되어 돌아왔다. 살려, 사람 살려, 사람…….

봉고차가 사라진 지점을 멍하니 바라보았다. 겹쳐진 산과 산들 사이로 저 멀리 시내가 보였다. 내가 있어야 할 곳은 이곳이 아니라 저 시내였다. 그곳에서 누군가 나를 기다리고 있을 것 같았다. 다시 나무 아래로 내려가려고 움직이다 신음 소리를 내뱉었다. 에잇 씨발…….

"띠리리리, 띠리리리."

산속의 적막을 깨고 휴대폰이 울렸다. 바지 주머니에 손을 넣었지만 휴대폰은 없었다. 와이셔츠 윗주머니에도 담배밖에 없어 벨소리가 어디서 나는지 들으려고 귀를 세웠다. 벨소리는 옷 속이 아니라 앞쪽 나무에서 흘러나오고 있었다. 문짝이 떨어지고 앞부분이 찌그러진 차가 나뭇가지에 끼어 있는 게 눈에 띄었다. 할부로 뽑은 내 차였다. 그 차를 보는 순간 기억이 떠올랐다. 조수석에 널브러진 체크무늬 재킷도 내 것이었고 대시 보드에 떨어진 휴대폰도 내 것이었다. 휴대폰 옆으로 십자가가 보였다.

"이걸 차에 두면 사고가 안 난대."

새 차를 뽑은 날, 나는 성물판매소에서 산 십자가를 축성 받아 대시 보드에 붙였다. 십자가가 운전할 때마다 사고 위험에서 지켜줄 거라 믿었다.

"그거 하나 놓는다고 어떻게 사고가 안 나. 날 사고는 나던데."

서연이 손가락으로 십자가를 툭 건드렸다. 강력본드로 붙인 십자가가 맥없이 옆으로 기울어졌다. 나는 손가락으로 기울어진 십자가를 바로 세웠다. 모태신앙인 나와 달리 서연은 결혼하면서 영세를 받고 성당에 다녀서인지 믿음이 약했다. 새로 차린 구두 가게가 바쁜 일요일이면 매번 저녁 미사에 늦었다. 미사 도중에 오거나 미사가 끝난 후에 문을 밀고 구둣발 소리를 내며 쭈뼛쭈뼛 들어오기 일쑤였다.

벨소리는 끊어질 듯하다 다시 이어졌다. 열한 번, 열두 번, 열세 번, 열네 번…… 벨소리가 끊겼을 때 차 안에서 베토벤의 〈운명 교향곡〉이 흘러나왔다. 내가 운전할 때마다 듣는 곡이었는데 벨소리에 집중하느라 음악 소리가 이제야 들렸다. 음악 선생이 되기 전부터 나는 이 곡을 즐겨 들었다. 듣고 있으면 평범한 내 운명이 한 순간 특별하게 바뀔 것 같았다.

나는 고개를 돌려 터널 앞을 바라보았다. 사고가 난 구도로는 십오 년 넘게 다닌 길이었다. 대학 때부터 버스를 타고 이 길로 통학했고 교사 임용을 받은 후에도 이 길로 시내에 있는 고등학교로 출퇴근했다. 서연과 연애할 때도 이 길로 다녔다. 깊은 밤 갓길에 차를 세우고 서연과 키스한 곳도 여기 구도로였다.

구도로는 사고가 많이 나는 지점이긴 했다. 일 년에 서너 번씩 차들이 가드레일을 들이박았고 몇 년 전에는 버스가 굴러 승객 열한 명이 죽었다. 그 사고로 반대편에 새 도로를 만들었다. 새 도로가 생기면서 구도로는 폐쇄되다시피 했다.

"띠리리리, 띠리리리."

또다시 벨소리가 울렸다. 여자의 전화일까. 다시 한번 기억을 곰곰이 더듬었다. 집을 나온 시간이 여섯 시였고 여자를 만나 저녁을 먹기로 한 시간은 일곱 시였다. 집에서 시내까지는 한 시간 거리였다. 여자는 내가 약속 시간보다 늦은 걸 알고 전화를 했을 것이다. 여자가 기다리고 있다는 생각에 초조해졌다.

마침 터널 속에서 나오는 트럭을 보고 소리를 질렀다. 하지만 트럭은 멈추지 않았다. 덮개를 하지 않아 짐칸에 가득 실은 마른 흙이 하루살이 떼처럼 부옇게 날렸다. 터널보다는 시내 쪽이 시야가 트여 그쪽에서 올라오는 차가 나를 발견할 확률이 높을 것 같아 주시했지만 한 대도 오지 않았다.

다시 나무 아래로 내려가려고 등을 움직였다. 하지만 또 등을 내리찍는 통증에 들었던 상체를 숙였다. 통증이 가셨을 때 상체를 들고 주변에 사람이 있나 싶어 누구 없어요, 하고 소리를 질렀다. 내 목소리는 메아리가 되어 돌아올 뿐 대꾸가 없었다. 나는 시내 쪽을 보려고 눈앞에 늘어진 잔가지들을 꺾었다. 그러다 머리 위로 내 등을 찍은 가지를 보았다.

시내로 가는 도중 여자의 전화를 받은 건 터널을 십여 분 남겨둔 지점에서였다. 여자는 내게 오전에 있었던 자잘한 일을 이야기했다. 여자의 이야기에 빠져 갈림길에서 새 도로로 가지 않고 구도로로 운전대를 틀었다. 차들이 다니지 않는 구도로로 가면서 이야기를 들어줄 심산이었다.

여자를 처음 만난 건 두 달 전이었다. 옆자리 선생님이 여자를 소개시켜 주었다. 새로운 가정을 꾸릴 자신이 없었지만 혼자 살아갈 자신도 없었다. 여자도 나처럼 한 번 결혼에 실패했다는 것에 묘한 안도감과 동질감을 느끼며 만남을 가졌다. 무엇보다 종교가 같다는 게 마음에 들었다. 게다가 공무원이라 일요일에 일을 하러 나갈 것도 없어 미사 참석 문제로 다툴 일이 없었다.

"삼십 분 후면 도착할 겁니다."

터널로 들어가면서 여자에게 말했다. 여자는 못 알아들었는지 뭐라구요? 하고 물었다. 휴대폰을 입가에 바짝대고 조금 전 말을 다시 하자 급한 일이 있는 것도 아니니 천천히 오라고 했다.

"오늘은 똠양꿍도 먹고 레오 맥주도 마시고…… 그리고, 그리고…… 할 말이 있는데……."

저녁에 먹을 태국 음식과 술에 대해 이야기를 하는데 터널 속이라 감도가 좋지 않아 전화가 끊겼다. 서연은 제한속도를 지키는 내 운전 습관을 좋아하지 않았다. 바쁜 세상에 과속을 않고서는 약속 시간에 도착할 수 없다며 운전할 때마다 옆에서 좀 밟으라니까, 하고 구시렁댔다. 나는 서연의 말을 듣지 않았고 뒤차들은 앞으로 끼어들었다.

"깜빡이만 켜고 들어오면 다 받아 주마."

그런데 뒤따라오던 차가 깜빡이도 켜지 않고 갑자기 끼어들었다. 급브레이크를 밟지 못하고 앞차의 뒤범퍼를 박았다. 입에서 욕이 튀어나오는 순간 서연이 대시 보드에 붙여 놓은 십자가를 가리켰다.

"다 받아 준다며?"

"깜빡이를 켜지 않았잖아."

십자가를 보며 하나에서 열까지 세는 동안 화는 좀 참아졌다. 큰 사고가 아닌 가벼운 접촉 사고여서 상대방 운전자와 이야기가 잘 마무리됐다. 십자가가 지켜 줘서 앞차와 달리 내 차는 흠밖에 안 났다고 하자 서연은 구시렁거렸다.

그 후 접촉 사고는 한 건도 없었다. 끼어드는 차를 들이박은 후 더욱 제한속도와 안전거리를 지킨 덕택이었다. 그런 내가 속도를 낸 건 하필 그때 서연의 비아냥거리는 목소리가 들렸기 때문이었다. 좀 밟으라니까. 그 소리에 액셀을 밟았고 공교롭게 그때 끊어진 전화가 왔다.

여자에게 하지 못한 말을 전화로 하는 것보다 만나서 하는 게 낫다 싶어 망설이는 사이 차는 터널을 빠져나왔다. 잽싸게 우회전을 하려 했지만 차는 가드레일을 들이박고 허공으로 떠올랐다. 허공을 날아간 차는 산비탈 아래로 푸르게 펼쳐진 떡갈나무를 들이박았다. 그 충격으로 차가 돌고 운전석 문이 떨어지면서 안전벨트를 하지 않은 나는 차 밖으로 튕겨나갔다. 떡갈나무로 날아가 등이 찍혔고 또 한 번 밑으로 떨어졌다. 나뭇가지에 얹어지는 순간 서연의 말이 떠올랐다. 날 사고는 나던데.

부모님이 사고로 돌아가신 건 삼 년 전이었다. 그날 부모님은 해미로 성령강림대축일 미사를 보러 가다 교통사고를 당했다. 성령강림대축일은 부활절 후 50일이 되는 날로 하늘에서 성령이 내려온 것을 기념하는 날이다. 해미는 두 분이 일 년에 한 번씩 다녀오는 성지인데 그때마다 내가 운전을 해서 모시고 갔다. 두 분이 신혼여행으로 다녀온 곳도 해미였다.

그날도 부모님을 모시고 해미로 가려 했지만 서연이 친구 결혼식에 참석해야 한다고 했다. 난 못 간다고 했잖아? 왜 못 가? 몇 번 말해야 돼? 부모님이 나만 기다리고 계시단 말야. 이번엔 어머니가 운전해서 다녀오시라고 해. 불안해서 안 돼, 비도 오는데. 게다가 요즘 어머니 시력이 부쩍 안 좋아지셨단 말야. 언제까지 당신만 붙들고 살 건데? 내가 못 가는 이유를 대도 서연은 고집을 부렸다. 나 혼자 못 가. 다들 부부끼리 오는데 어떻게 혼자 가, 쪽팔리게. 서연은 내가 가지 않으면 결혼식장에 가지 않겠다며 핸드백을 집어 던졌다.

결국 어머니에게 전화를 걸어 갑자기 일이 생겨 못 가게 됐다고 거짓말을 한 후 결혼식장으로 갔다. 결혼식이 끝나갈 무렵 낯선 번호로 전화가 왔다. 해미에 다 가서 어머니가 비 때문에 바닥 차선을 못 보고 사고를 낸 것이다. 부랴부랴 응급실에 도착했을 때 두 분은 이미 돌아가신 뒤였다.

장례를 치른 후 부모님의 사고를 두고 서연과 싸웠다. 정확히 말하면 싸웠다기보다는 일방적으로 서연이 죄책감을 느끼도록 윽박질렀다. 집에도 일찍 들어가지 않았다. 다른 선생님들이 퇴근하면 운동장을 돌았다. 운동장을 한 바퀴씩 돌 때마다 부모님의 죽음이 서연 때문이라는 생각은 더욱 굳어졌다. 내가 무슨 생각을 하는지도 모르고 야간 자율학습을 하던 학생들이 창문 밖으로 고개를 내밀고 손을 흔들었다. 더러는 졸음을 쫓으려고 운동장으로 나와 내 뒤를 따라 돌았다. 운동장을 도는 녀석들이 한두 명씩 늘어나 어느 순간 열 명이 넘었다. 운동장 돌기를 멈추고 녀석들에게 들어가 공부나 하라며 소리를 지르고 집으로 갔다.

"네가 결혼식에 가자고 고집만 안 부렸어도 부모님은 돌아가시진 않았어."

집에 들어가자마자 늦은 저녁을 먹고 있던 서연에게 한마디 쏘아붙였다. 서연은 수저를 딱 소리 나게 내려놓았다.

"당신만 괴로운 줄 알아?"

서연은 나를 힐끗 쳐다보고는 식탁에서 일어나 개수대에 밥그릇을 집어 던졌다.

"사고가 내 책임이라고 하면 돌아가신 부모님이 살아 돌아오셔?"

"살아 돌아오시지 못하니까 이러는 거 아냐. 이게 다 너 때문이야."

"천국, 천국 하시다가 거기 가셨는데 그게 왜 나 때문이야?"

나는 서연의 뺨을 후려쳤다. 그것은 한 번으로 끝나지 않았다. 수업이 끝나고 학교 운동장을 돌고 올 때면 서연을 때렸다. 부모님의 죽음이 왜 자기 탓이냐며 따졌던 서연이 어느 순간부터 자기 탓이라고 인정했는지 고스란히 맞기 시작했다. 일요일이면 우리는 아무 일 없었다는 듯 성당에 갔다. 더는 일요일에 구두 가게에 나가지 않고 서연은 종업원에게 일을 맡겼다. 서연이 미사포를 꺼내 머리에 쓰는 사이 나는 고해소로 들어갔다.

"또 아내를 때렸습니다."

하얀 천으로 가려진 창문 너머로 신부님이 앉아 있었다. 신부님은 한참 동안 아무런 말이 없었다. 신부님은 내 목소리를 알고 있었다. 무슨 말을 할 듯하다 신부님은 하지 않고 주의 기도를 열 번 하라고 했다. 죄를 고백하고 고해소를 나오는 순간 서연을 때렸다는 죄책감이 사라졌다.

서연을 때릴 때마다 고백성사를 보았다. 신부님은 언제나 주의 기도를 열 번 하라고 했고 나는 착실하게 기도를 했다. 대체 주님은 언제까지 나를 용서해 주실까. 고백성사를 보고 나면 평상시 만 원 내던 봉헌금을 이만 원 냈다. 내지 않았던 성당 건축기금도 삼십만 원을 냈다. 부모님의 죽음으로 받은 보험금 중 일부를 성당 건축에 쓴다고 생각하자 위안이 됐다. 하지만 내가 서연을 때렸다는 소문이 성당에 나면서 우리는 끝내 이혼을 했다. 부모님이 돌아가신 후 사 개월 만이었다. 이혼 후 나는 성당에 나가지 않았다.

서서히 날이 어두워지기 시작했다. 저 멀리 시내에는 하나둘 불이 켜지고 있었고 산꼭대기 위로는 달이 올라왔다. 터널 속에서 나온 멧돼지가 코를 킁킁대더니 떡갈나무 쪽으로 내려왔다. 멧돼지는 나를 발견하고 뒤로 물러서더니 힘껏 달려와 떡갈나무를 들이박았다. 멧돼지가 머리통으로 들이박을 때마다 진동이 등까지 전해졌다. 멧돼지는 내가 떨어지지 않자 주둥이로 땅을 파헤쳤다. 흙이 사방으로 튀면서 땅속에서 육탈된 사람의 뼈처럼 하얀 뿌리가 드러났다. 멧돼지는 한참을 파헤치다 칡넝쿨처럼 뻗은 뿌리를 뜯어 먹은 뒤 산비탈을 타고 내려갔다.

"띠리리리, 띠리리리……."

또 벨소리가 울렸다. 여자는 내가 오지 않자 음식점을 나와 집으로 가는 길에 전화를 했을 것이다. 조금 전보다 벨소리는 오래 울렸다. 열다섯 번, 열여섯 번, 열일곱 번, 열여덟 번…… 벨소리는 스물두 번 만에 끊겼다. 다시 전화가 울리길 기다렸지만 더는 오지 않았다. 베토벤의 운명도 끊겼다.

학생들에게 베토벤의 〈운명 교향곡〉을 들려줄 때마다 나는 운명은 스스로 개척하는 것이라고 말했다. 베토벤은 이 곡에서 자신의 삶을 뿌리까지 뒤흔드는 운명의 힘을 표현했다. 말하자면 자신의 삶을 가로막은 운명에 굴하지 않고 개척해 승리로 바꾼 것이다. 운명이 자신을 꺾지 못하게 운명이라는 놈의 목을 쳐 버린 베토벤. 따라서 나는 녀석들에게 자신의 운명을 베토벤처럼 개척하라고 했다.

하지만 사람 하나 없는 이 깊은 산속에서 나는 운명을 개척할 수 없었다. 스스로 운명을 개척하라니. 얼마나 교과서적인 말이었던가. 등을 다치고 두 다리가 말을 듣지 않는 상황에서 할 수 있는 건 차가 오기만을 기다리는 것뿐이었다. 날은 점점 더 어두워졌다. 나는 엉덩이를 뒤로 뺐다. 엉덩이를 따라 등과 다리가 한 뼘쯤 딸려왔다. 어, 하고 입에서 탄성이 나왔다. 이제 됐다 싶어 엉덩이를 조금 더 뺐지만 등의 통증 때문에 더는 움직일 수 없었다.

조금 후 터널 안에서 차가 오는 소리가 들렸다. 숨죽이고 기다렸다 관광버스가 터널을 빠져나오자마자 소리를 질렀다. 관광버스는 내가 지른 소리를 듣지 못하고 커브를 돌았다. 차창으로 탬버린을 흔들며 춤을 추는 사람들이 보였다. 산속에 꿍짝꿍짝 트로트가 울려 퍼졌다. 아직도 관광버스에서 춤을 추다니. 교통경찰을 피해 한바탕 신나게 춤을 추고 노래를 부르려고 관광버스는 구도로로 온 것이었다. 관광버스는 긴 막대기 같은 헤드라이트 불빛을 여기저기 쏘아대며 산길을 내려갔다.

관광버스가 사라진 후 시내 쪽에서 승용차가 올라왔다. 소리가 닿겠다 싶었을 때 사람 살려, 하고 외쳤다. 승용차는 사고 지점을 50미터쯤 남겨 두고 멈췄다. 이제 살았다는 생각에 손을 번쩍 들었다가 하마터면 중심을 잃고 떨어질 뻔했다. 운전석에서 나온 남자가 차 앞쪽으로 빙 돌아 갓길로 나왔다. 여기요, 여기. 나는 손을 흔들며 남자를 불렀다. 이어폰이라도 꼈는지 남자는 내 목소리를 듣지 못하고 황급히 주변을 둘러보더니 오줌을 누고는 차에 올라탔다.

차가 가고 나서 먹구름이 몰려왔다. 하늘에서 검은 보자기를 풀어헤쳐 놓은 듯 어둠이 내려앉았다. 나무 꼭대기에 있는 잎사귀들이 검게 변해 갔다. 어둠은 나뭇가지를 타고 미끄러지듯 내려와 떡갈나무를 검게 물들였다. 내 머리 위까지 어둠이 내려왔을 때 나무 꼭대기에 있던 딱따구리가 줄기를 쪼아댔다. 딱따르르르, 딱따르르르…… 딱따구리가 등을 쪼아대는 것 같아 상체를 좌우로 틀었다. 조금 후 딱따구리 소리마저 어둠에 덮였다. 내가 나뭇가지에 걸려 있는 게 아니라 어둠에 걸려 있는 것 같았다. 쓱, 하고 가지를 쓸어 만지자 거미줄처럼 달라붙은 어둠이 손가락 사이로 빠져나갔다.

어둠은 점점 더 내려와 내 머리를 덮쳤다. 사방이 온통 시커멓게 변하자 내 몸은 어둠이 되어 보이지 않았다. 딱따구리가 쪼아댈 때마다 몸을 떨었지만 내가 몸을 떠는 건지 어둠이 떠는 건지 알 수 없었다. 먹구름이 사라지고 나자 손바닥 모양으로 생긴 잎사귀들 사이로 달빛이 들어왔다. 잎사귀들 사이로 보이는 하늘은 깨진 유리 파편 같았다.

나는 왜 사고가 났을까. 큰 죄를 지은 적도 없는 내가 나뭇가지에 걸렸다는 게 믿을 수 없었다. 어려서부터 나는 부모님을 따라 성당에 다녔다. 열 살 때부터 어린이 미사 반주를 했고 대학 때부터 결혼한 후까지는 청년 미사 반주를 했다. 특별한 일이 없는 한 주일 미사에 빠진 적이 없었고 일주일에 두 번씩 평일 미사에도 꼬박꼬박 참석했다. 언제나 독실한 신앙생활을 한 것이다.

"제가 무슨 죄를 지었다고 이런 고통을 주시는 겁니까. 왜 이리 주님은 저한테 가혹하신 겁니까. 부모님의 죽음도 모자라 아내와 이혼까지 시키더니 그것도 모자라 이제는 저를 죽게 할 작정입니까. 이럴 거면 차라리 산비탈 아래로 차를 굴려 죽게 하시지…… 당신은 무슨 이유로 절 살려 놓았단 말입니까. 왜 나뭇가지에 절 매달아 놓았냐 말입니다. 왜 제 등에 십자가를 박아 놓았냐고요.

빨래처럼 사람을 말려 죽게 할 작정인가요?"

주님은 아무런 응답을 하지 않았다. 부모님이 돌아가셨을 때도 왜 내게 고통을 주시냐고 소리를 질렀었다. 그때도 그분은 침묵했다. 서연과 이혼하고 혼자 밤을 보낼 때도 그분은 침묵으로 일관했다.

어쩌면 이 순간 주님의 응답을 기다리는 것보다 여자를 기다리는 게 더 현실적이었다. 마지막으로 통화한 게 여자니까 나를 찾으러 올 사람은 여자밖에 없었다. 하지만 여자는 오지 않고 바람만 불어왔다. 유월인데도 산속이라 바람은 서늘했다. 바람이 불 때마다 잎사귀들이 서로 부딪치며 소리를 냈다. 체온이 내려가는 걸 막기 위해 목 부분의 와이셔츠 단추를 잠그고 말려 올라간 소매를 끌어 내렸다. 조수석에 던져 놓은 체크무늬 재킷을 입지 않고 운전한 게 후회됐다.

자꾸 잠이 쏟아졌다. 여자는 지금 무얼 하고 있을까. 허탈하게 차를 몰고 집으로 돌아갔을 여자를 떠올리며 그녀를 안 듯 나뭇가지를 끌어안았다. 여자를 생각하자 서늘해진 몸이 따뜻해졌다. 하지만 그건 착각이었다. 몸은 더 차가워지고 의식은 몽롱해졌다. 얼마 못 가 등의 통증이 다시 시작됐다. 누군가 상처 난 등에 못을 박는 것 같았다. 그 못은 점점 더 살을 뚫고 들어왔다. 얼음이 깨지는 것처럼 살이 찢어지는 통증에 비명을 질렀다. 그때 산 능선을 타고 내려온 바람이 등을 어루만져 주었다. 통증이 조금씩 가셨다.

바람의 손길을 느끼며 나뭇가지를 더욱 끌어안았다. 등이 조금씩 따뜻해졌다. 순간 나는 주님을 느꼈다. 눈에 안 보인다고 주님이 없는 게 아냐. 네가 임용고시에 떨어졌을 때도 주님은 네 등을 어루만져 주셨고 피아니스트가 되려다 실패했을 때도 주님은 네 등을 어루만져 주셨어. 단지 네 눈에 보이지 않았을 뿐. 언젠가 어머니가 한 말씀을 떠올리며 뒤를 돌아봤으나 아무것도 보이지 않았다.

그런데도 그분이 같이 있다는 생각은 변하지 않았다. 뱀 한 마리가 나무줄기를 타고 기어 올라올 것 같은 밤이었지만 두렵지 않았다. 날이 밝으면 넌 구조될 것이다. 그러니까 조금만 참아라. 너는 고통스런 일이 생길 때마다 나를 찾았다. 언제나 주님은 침묵만 하냐고 대들었었다. 하지만 그때 난 너와 함께 있었다. 상처 난 네 등을 어루만져 주며 너와 함께 있었다…….

등 뒤에서 주님의 목소리가 들렸다. 졸린 눈을 비비며 뒤를 돌아보았다. 여전히 그분이 보이지 않았지만 손길을 느낄 수 있었다. 그분은 바람이 되어 뼈마디 하나하나를 쓰다듬어 주면서 상처 난 부위를 만져 주었다. 얼마나 손길이 부드러운지 잠이 쏟아졌다. 그것은 서연의 손길보다 부드러웠다. 그것은 사람의 손길이 아니었다. 통증은 어느새 완전히 사라지고 없었다. 나는 그분의 손을 잡아 보려고 손을 뒤로 뻗었다. 손끝에 뭔가 닿았다. 얼른 손을 가져다 그분의 흔적이 사라지지 않도록 가슴에 갖다 댔다. 시내의 불빛은 점점 꺼져 가고 있었고 새벽까지 나는 바람의 손길을 느끼며 뜬 눈으로 아침을 맞이했다. 아침 햇살이 비쳤을 때 주님을 보기 위해 천천히 고개를 돌렸다. 주님은 보이지 않고 등 위로 잎사귀 하나가 보였다.

한참 동안 나는 잎사귀를 바라보았다. 바람이 불자 잎사귀가 등을 쓸어내리며 내려왔다 올라갔다. 이게 뭐지. 밤새 등을 어루만졌던 게 잎사귀였단 말인가. 그럴 리가 없었다. 그것은 분명 주님의 손길이었다.

나는 바람에 간들거리는 잎사귀를 확 잡아 뜯었다. 움켜쥔 잎사귀를 던져 버리고 났을 때 무언가에 속은 것 같은 기분에 빠졌다. 비아냥거리는 서연의 목소리를 그분의 목소리와 착각한 것일까.

다시 나무 아래로 내려가기 위해 등을 움직였지만 또 실패했다. 여전히 두 다리도 움직이지 않았다. 혹시 이게 말로만 듣던 하반신 마비인 것 같아 식은땀이 났다. 그 와중에도 자꾸 잠이 왔다.

간밤에 구도로를 지나간 차는 총 네 대였다. 한 대는 봉고차였고 한 대는 트럭이었고 한 대는 관광버스였고 한 대는 승용차였다. 간밤에 지나간 게 그 정도니까 오늘은 좀 더 차가 지나갈 것 같았다. 그러나 오전 내내 한 대도 지나가지 않았다. 배터리가 나갔는지 휴대폰은 울리지 않았다.

시간은 더디게 흘러갔고 허기는 빠르게 몰려왔다. 허기보다 참을 수 없는 건 갈증이었다. 밤새 나뭇가지를 끌어안고 있어선지 몸 안의 물기가 다 빠져나간 것 같았다. 혀로 입술을 핥았지만 물기가 없어 낙엽을 핥는 것 같았다. 잎사귀를 하나 뜯어 씹자 텁텁하고 써서 갈증을 부추겼다. 혀로 입천장을 끌며 침을 만들어 올렸으나 그것도 어느 순간 나오지 않았다. 냉장고에 남겨 놓은 맥주를 한 모금 마실 수 있다면…….

해가 중천에 떠오르면서 갈증은 심해졌다. 구조되기 전에 목이 타 죽을 것 같았다. 사람이 사흘 동안 물을 마시지 못하면 죽는다고 했다. 입 속이 바짝바짝 말라 오면서 타들어 갔다. 나는 사타구니로 슬그머니 손을 뻗었다. 지퍼를 내리고 팬티만 살짝 끌어 내린 후 나뭇가지에 눌린 성기를 꺼내 손바닥 위에 올려놓았다. 찔끔찔끔 나온 오줌이 손바닥 한가운데에 고름처럼 노랗게 고였다. 손가락 사이로 오줌이 빠져나가자 알 수 없는 적의가 일었다. 그게 손가락 사이로 빠져나간 오줌 때문인지 갈증 때문인지 알 수 없었다. 조심스럽게 손바닥을 입가에 대고 혀를 길게 내밀었다.

저 멀리 시내 쪽에서 승용차 한 대가 올라오고 있었다. 색깔을 보니 여자가 타는 하얀색 차였다. 이제야 여자가 나를 찾아오는 걸까. 손가락 사이에 묻은 오줌까지 핥은 뒤 바지에 닦고 손을 흔들었다. 차는 순식간에 터널로 들어갔다. 운전석에 앉은 사람은 여자가 아니었다. 아무래도 여자는 간밤에 내가 나타나지 않아 화가 난 모양이었다. 하긴 그럴 만도 했다. 삼십 분 후면 도착한다는 사람이 오지 않고 전화도 받지 않았으니까. 순간 여자가 나를 오해했을지 모른다는 생각이 들었다. 그리고, 그리고, 하면서 하지 못한 말을 그만 만나자는 것으로 알아들을 수도 있었다. 그때 하려던 말은 그게 아니라 정식으로 사귀자는 말이었는데.

점점 여자가 안 올지 모른다는 확신이 강해졌다. 여자가 오지 않는다면 나를 구조하러 올 사람은 없었다. 오늘은 토요일이라 학교에서 나를 찾을 일도 없었고 서연이 전화할 일은 더더욱 없었다. 게다가 내일은 일요일이었다.

쏟아지는 졸음을 쫓기 위해 잎사귀를 하나 쥐어뜯어 던졌다. 잎사귀는 원을 그리며 빙글빙글 돌아 바위에 떨어졌다. 참으로 적막한 오후였다. 새 한 마리가 하늘에 줄을 그으며 날았고, 그 새가 하늘을 한 바퀴 선회하다 시내 쪽으로 갔다. 나뭇가지 사이를 날아다니는 벌레는 허공에 멈춰 선 듯 꼼짝을 하지 않았다. 쐐기벌레 한 마리는 바람에 떨어지지 않으려고 잎사귀를 타고 올라가고 있었다. 적막함을 떨쳐 내려고 성가를 불렀지만 그것마저 적막 속에 묻혀 버렸다.

관광버스라도 지나갔으면…… 흙먼지를 일으키는 트럭이라도 지나갔으면…… 멧돼지라도 지나갔으면…….

시내 쪽과 터널 쪽을 번갈아 봤지만 밤이 올 때까지 차는 오지 않았다. 순간 죽을지도 모른다는 생각이 들었다. 몸속에 있는 수분은 조금씩 빠져나가고 등은 말라 간다. 이제 막 시작된 여름이 가고 가을이 오면 바짝 마른 등에는 단풍이 든다. 단풍은 등을 중심으로 위아래로 퍼져 머리와 다리를 붉게 물들인다. 겨울이 올 때까지 나는 발견되지 않고 눈에 덮인다. 봄이 오면 등을 덮은 눈이 흘러내리면서 언 살도 녹아 흘러내린다. 입이 흘러내리고, 코가 흘러내리고, 두 개의 눈알이 흘러내린다. 뼈를 감싼 살이 죄다 흘러내리면 나뭇가지에는 와이셔츠만 남아 있을 것이다.

"이러다 진짜 천국에 가겠네."

어디서 비아냥거리는 서연의 목소리가 들렸다. 한 번은 서연이 나를 밀치고 먼저 고해소로 들어간 적이 있었다. 무슨 이야기를 하는지 들으려고 고해소 문에 귀를 갖다 댔다. 웅얼거리는 소리가 들렸지만 무슨 말인지 알아들을 수 없었다. 내게 맞았다는 말을 하는 것도 같았고 흐느끼는 소리가 나는 것도 같았다. 들어간 지 오 분이 넘어 고해소 문을 밀고 나온 서연은 나를 못 본 척 자리로 가서 앉았다. 서연을 따라가 옆에 앉았다.

"왜 이리 성사를 오래 봤어? 내가 때렸다고 말한 건 아니지?"

앞줄에 앉아 있던 할머니가 내 말을 듣고 고개를 돌려 우리를 쳐다보았다. 서연은 머리에 쓴 미사포를 걷어 주머니에 찔러 넣고 성당을 나갔다. 서연을 따라 나가다 고해소에서 나오는 신부님과 마주쳤다. 목례를 하고 따라 나갔을 때 서연은 계단을 뛰어 내려가 주차장으로 갔다. 차 문을 여는 서연의 팔을 잡아당겼다. 미사는 하고 가야지. 서연은 몸을 획 돌려 손을 쳐 내고 나를 쏘아보았다.

"차라리 네가 죽었으면 좋겠어."

나는 죽을지도 모르는 순간에서야 서연이 한 말을 떠올리며 그녀를 때린 일을 후회했다. 이제야 서연을 때린 죗값을 나뭇가지 위에서 받고 있는지도 몰랐다. 물론 우리에게도 행복한 날들이 있었으나 그런 순간은 하나도 떠오르지 않았다. 다른 건 몰라도 이혼하기 전 때린 것만큼은 용서를 빌어야 했지만 끝내 하지 않았다. 고백성사를 봤을 때 죄가 사라졌다고 생각을 했다. 하지만 정말 죄가 사라졌을까. 진정으로 뉘우치지 않은 죄가 고백성사를 본다고 해서 사라질 리는 없었다. 나는 오줌이 묻은 손과 오줌이 묻지 않은 손을 모으고 죄를 뉘우치며 하늘을 올려다보았다.

한참 동안 속죄의 기도를 하고 있는데 잎사귀들 사이로 깨진 달빛이 스며들었다. 가지런히 모은 두 손 위로도 달빛이 내려왔다. 달빛은 환하게 나를 비췄다. 고백성사를 봤을 때 찌꺼기처럼 남아있던 죄가 달빛에 씻겨 내려가는 듯했다. 하늘에 계신 우리 아버지, 아버지의 이름이 거룩히 빛나시며, 아버지의 나라가 오시며, 아버지의 뜻이 하늘에서와 같이, 땅에서도 이루어지소서, 오늘 저희에게 일용할 양식을 주시고, 저희에게 잘못한 이를 저희가 용서하오니, 저희 죄를 용서하시고, 그러니까 제가 지은 죄도 용서해 주시고…… 아니, 저의 죄는 용서해 주셨으니 이제 나무에서 내려가게 해 주세요. 그래 주시면 다시는 죄를 짓지 않겠습니다. 그러니 우선 지나가는 차가 저를 발견하게 해 주세요, 제발.

기도를 하는 와중에도 서연의 목소리가 귓가에 맴돌아 분노가 치솟았다. 이혼 후 서연은 늘 내 뒤를 따라다녔다. 밥을 먹을 때도 잠을 잘 때도 운전을 할 때도. 내가 여자를 만나러 갈 때도 쫓아왔다. 무슨 일을 하다 순간순간 주변을 둘러보는 버릇이 생긴 것도 이 때문이었다. 나는 이마에 난 식은땀을 닦고 시내 쪽을 바라보았다. 내 기도와 달리 차는 오지 않았다. 정성이 부족해 기도가 하늘에 닿지 못한 것 같아 다시 했다. 주의 기도를 백 번 한 후에도 차가 오지 않자 화가 치밀어 올랐다.

"주님은 저를 나뭇가지 위에서 말려 죽일 작정이십니까. 대체 언제까지 나뭇가지를 붙잡고 있으란 말입니까. 당신이 저를 구해 주시지 않고 말려 죽일 작정이라면 저도 생각이 있습니다. 죽더라도 나무에서 뛰어내리겠습니다."

여자가 나를 구하러 올 거라는 생각에 지금까지 견뎠고, 지나가는 차가 나를 발견할 거라는 생각에 버텼고, 그분이 날이 밝을 때까지 버티라는 말씀에 버텼지만 그런 희망은 이 순간 한꺼번에 사라졌다. 입 속은 다시 바짝바짝 말라 갔고 손을 까딱할 수 없을 정도로 의식은 몽롱해졌다. 더는 견딜 수 없었다. 스스로 운명을 개척하라고 가르친 것처럼 이제 내 운명은 내가 개척해야 했다.

나는 나무에서 뛰어내리기 위해 아래를 내려다보았다. 하지만 그 사이 달빛이 사라져 아래가 보이지 않았다. 잘못하다가는 거꾸로 떨어져 멧돼지가 파헤쳐 놓은 뿌리에 머리통을 처박을 수 있었다. 오 분만 있다 뛰어내리기로 마음을 바꿨다. 그 사이 달빛이 환하게 비쳤다. 삼 분만 더 있다 뛰어내리기로 했다. 하지만 나는 뛰어내리지 않았다. 막상 뛰어내리려고 하자 현기증이 일고 겁이 났다. 일 분만 더. 일 분만 더. 이 분만 더. 한참이 지나 아래를 보자 안개가 낀 것처럼 뿌옜다.

"이제 저는 등이 두 동강 나더라도 뛰어내리겠습니다. 당신이 원하는 게 이것인가요. 이게 아니라면 어디 한번 저를 구해 보세요."

나는 나뭇가지를 움켜잡은 손을 펴서 점프하는 자세를 취하려고 허공으로 쳐들었다. 그때 시내 쪽에서 하얀색 승용차가 올라와 얼른 두 손을 내리고 나뭇가지를 움켜잡았다. 여자일까. 뒤로는 경찰차와 앰뷸런스가 사이렌을 울리며 따라오고 있었다. 사이렌 소리에 심장이 터질 듯 부풀어 올랐다. 차가 터널 앞까지 올라왔을 때 여기예요, 하면서 손을 높이 흔들었다. 차는 그대로 터널 안으로 들어갔다. 운전자의 얼굴은 보이지 않았다. 여자 같기도 했고 여자가 아닌 것 같기도 했다. 경찰차와 앰뷸런스도 사고 지점을 지나쳤다.

다시 뛰어내릴 준비를 했지만 무슨 미련이 남았는지 자꾸 터널을 주시했다. 한참이 지나 터널로 차가 들어왔다. 여자의 차인가 했는데 택시였다. 차창으로 휴대폰을 귀에 대고 한 손으로 운전하는 택시기사가 보였다. 순간 차 사고가 나지 않는 한 나는 구조될 수 없다는 걸 깨달았다. 터널 앞에서 똑같은 경로로 사고가 나서 그 차 운전자가 나를 발견해야 구조되는 것이었다. 택시가 터널을 나왔을 때 목이 터져라 소리를 질렀다.

"주님, 저 택시 사고 나게 해 주세요."

제 기도를 들어주신다면… 이 불쌍한 어린 양의 기도를 들어주신다면…… 바로 그때 내가 사고를 낸 지점에서 마술처럼 택시가 붕 떠올랐다. 포물선을 그리며 떠오른 택시는 앞을 지나가면서 나뭇가지에 낀 내 차를 들이박고 떨어졌다. 내 차가 없었다면 택시는 산비탈 아래로 굴러 떨어졌을 것이다. 내 차가 택시기사를 살렸다. 마침내 주님이 내 기도를 들어주신 것이었다.

잠시 후 택시기사는 깨진 창문 밖으로 상체를 빼낸 후 두 손을 풀숲에 짚고 기어 나왔다. 택시기사는 운전석 문에 등을 기대고는 한 손으로 뒷목을 잡은 채 어딘가로 전화를 걸었다. 여기요. 여기 좀 봐요. 택시기사가 통화를 멈추고 내가 있는 쪽을 바라보았다. 이내 택시기사는 휴대폰을 귀에 댄 채 다리를 절룩이며 떡갈나무 앞으로 걸어와 고개를 뒤로 젖히고 위를 쳐다보았다. 저게 뭐지? 파란색 와이셔츠 같은데. 설마 저건? 택시기사의 입이 벌어지면서 손에 쥔 휴대폰이 떨어졌다. 택시기사는 나를 보고 뒷걸음질을 치다 나무뿌리에 걸려 뒤로 넘어졌다. 아저씨…… 아저씨, 왜 그래요. 나는 소리를 지르며 택시기사를 불렀다. 택시기사는 일어나지 않았다.

어? 이게 아닌데. 내가 바꾸려고 한 나의 운명은 이게 아닌데. 내가 한 기도는 단지 사고가 나라는 것이었지 누군가의 죽음은 아니었다. 택시기사의 죽음으로 내가 구원을 받는 것일까. 설사 그렇다면 이건 구원이면서 절망이었다. 아니 이건 구원이 아닌 절망이었다. 평생 택시기사의 죽음을 등에 업고 살아가라는 뜻이었다.

누군가 내 등에 못을 대고 망치로 때리는 것 같았다. 정말 이게 주님 뜻입니까? 이게 당신 뜻이냐구요? 그렇다면 추잡한 제 죄책감도 가져가세요. 서연을 때린 죄책감도 가져가고 부모님을 죽였다는 죄책감도 가져가요. 택시기사를 죽였다는 죄책감마저 가져가라구요. 당신이 제게서 모든 걸 빼앗아 갔으니 이제부터 전 껍데기로 살 겁니다.

프랑스

영화처럼

현관문을 두드리는 소리에 나가 보니 낯선 사내가 서 있었다. 또 아래층인 이 층과 헷갈려 한 층 더 올라온 피자배달원인 줄 알고 안 시켰어요, 하고 현관문을 당겼는데 사내가 머리통을 들이밀었다. 나는 현관문에 머리통이 낀 사내를 멍하니 쳐다보았다. 고슴도치처럼 뾰족뾰족한 머리카락에 까무잡잡한 얼굴. 오른쪽 어깨에는 혹처럼 더플백이 매달려 있었다. 조금만 더 당기면 사내의 목이 잘릴 것 같아 현관문을 열어 주었다. 순간 머리통을 들이밀고 사내가 몸을 휘청대며 들어왔다. 그 바람에 어깨에 멘 더플백이 재주를 넘어 바닥에 떨어졌다.

"며칠 신세 좀 질게."

사내는 현관문에 눌린 목을 만지며 또박또박 말했다. 나는 사내의 얼굴을 위아래로 훑어보았다. 고등학교 친구도 아니었고 중학교 친구도 아니었다. 양심적 병역 거부로 교도소에 간 친구도 아닌 것 같아 열린 현관문 사이로 남산을 바라보았다. 꽃망울을 터트린 벚꽃이 어둠 속에 하얗게 떠 있었다. 벚꽃이 피었네, 하고 나는 그제야 아버지의 방에서 프랑스 영화를 보는 여자에게 시선을 돌렸다. 벚꽃 잎처럼 하얗게 여자의 얼굴이 변해 있었다. 충격적인 장면이 나왔나 하고 화면을 봤지만 영화 속의 세 남녀는 장난을 치며 욕탕으로 들어가고 있었다. 여자는 자리에서 벌떡 일어나 사내의 팔뚝을 잡아끌고 계단을 내려가 대문 밖으로 나갔다. 나는 더플백을 집어 사내에게 던졌다. 사내는 가볍게 더플백을 받아 어깨에 멨다. 대문 앞에 세워진 오토바이 앞에서 여자는 십 분 동안 목청을 높여 싸우다 사내를 데리고 올라왔다.

"보름만 같이 지냈으면 해서."

여자가 턱으로 아버지의 방을 가리켰다.

"저 방, 비어 있잖아."

여자의 말은 사내가 집을 구하는 보름 동안 아버지의 방에서 머물게 해 달라는 것이었다. 현관문을 중심으로 본다면 정면에 거실이 있었고 왼쪽으로 아버지의 방과 내 방이 나란히 있었다. 아버지가 프랑스로 떠난 후 방은 비어 있었다.

내키지 않았지만 여자의 부탁을 들어주었다. 한 달도 아니고 보름이면 금방 지나갈 것 같았다. 멀리서 친구가 찾아온 셈 치면 됐다. 사내는 마치 이렇게 될 줄 예상한 듯 더플백을 아버지의 방으로 던지고는 내 어깨를 쳤다. 사내의 마른 몸에서 바람 냄새와 오토바이 기름 냄새가 났다. 사내는 탁자에 놓인 바나나를 까먹고 껍질을 내게 던진 뒤 아버지의 방으로 들어갔다.

다음 날 사내는 방을 구하러 나갔다 들어와 짜장면을 만들었다. 여자의 생일날에 짜장면이라니. 사내는 거실 주방에서 반죽한 밀가루로 직접 면을 뽑아 냄비에 삶았다. 여자는 사내 옆에서 부추를 썰었다. 부추가 들어간 짜장면은 처음이었다. 나는 둘 사이를 기웃거리다 탁자 앞에 앉았다. 탁자 위에는 내가 남산빵집에서 사온 생일 케이크가 놓여 있었고 탁자 아래에는 사내가 준비한 선물 상자가 놓여 있었다. 크기는 같아도 내 것보다 포장이 화려했다. 사내의 것을 밀치고 그 자리에 내가 준비한 선물 상자를 놓았다. 조금 후 여자는 김이 모락모락 나는 짜장면 세 그릇을 탁자에 놓았다. 나를 중심으로 왼편에는 여자가 오른편에는 사내가 앉았다. 나무젓가락을 쪼개 면발을 비비는데 사내가 손을 쳤다.

"촛불 켜야지."

생일 케이크에 스물세 개의 초를 꽂고 성냥불을 붙였다. 생일 축하합니다, 생일 축하합니다. 사랑하는…… 입을 맞춘 것처럼 사내와 나는 동시에 생일축하 노래를 불렀다. 여자가 후, 하고 촛불을 끄자 사내는 탁자 아래 놓인 선물 상자를 꺼내 주었다. 여자는 포장지를 뜯고 안에 든 것을 꺼내 펴 보였다. 팬티 한가운데 박힌 아르마니 로고가 눈에 들어왔다. 디자인은 물론이고 색깔까지 내가 산 상품과 똑같았다. 사내는 그것도 모르고 선물 상자를 움켜쥔 내 손을 쳤다. 넌 뭔데? 어쩔 수 없이 선물 상자를 꺼내 주었다. 여자는 포장지를 뜯고 안에 든 것을 펼쳤다. 어어어, 저것은…… 하며 사내가 얼굴을 찡그렸다. 사내도 나처럼 백화점 직원이 추천한 상품을 산 것이다.

여자는 그게 뭐 대수냐며 케이크를 잘라 사내와 내 접시에 놓아 주었다. 케이크를 한 조각 먹고 짜장면을 먹었다. 짜장면에 부추를 넣어 씹을수록 향이 배어났다. 생각보다 맛이 좋아 싹싹 긁어 먹자 사내가 남은 면발을 부어 주었다. 더 먹어. 난 지금껏 먹은 짜장면만 해도 삼천 그릇은 넘으니깐. 사내는 형처럼 자상하게 말하고 더플백에서 고량주를 꺼내 와 뚜껑을 땄다. 송진 향처럼 독한 냄새가 코를 찔렀다. 술에 취해 들어온 여자에게 종종 맡아본 냄새였다. 사내는 내 잔과 여자의 잔에 고량주를 따라 주고 건배를 외쳤다.

"우리 셋을 위하여."

고개를 갸웃거리다 나는 사내가 또 손을 칠까 봐 잔을 부딪치고 한 모금 마셨다. 불이 붙은 것처럼 입 속이 홧홧거렸다. 생수를 들이켰지만 홧홧거리는 입 속은 가라앉지 않고 더 타올랐다. 머리가 지끈거리면서 천장이 빙빙 돌았다. 천장이 지끈거리고 머리가 빙빙 도는지도 몰랐다. 그것도 모르고 사내는 내 잔에 고량주를 한 잔 더 따라 주었다. 마시는 척 잔을 입에 댄 후 내려놓았다. 나와 달리 여자와 사내는 고량주를 잘 마셨다.

사내는 고량주를 연달아 세 잔 들이켜더니 군대 이야기를 했다. 여자는 두 개의 생일 선물을 가슴에 끌어안은 채 사내 이야기를 들었다. 한껏 고무된 사내는 결국 군대에서 축구한 이야기까지 늘어놓았다. 나는 난생처음 마신 고량주에 속까지 홧홧거려 옥상에 올라가 바람을 쐬려고 일어났다. 순간 방바닥이 빙빙 돌아 주저앉았다가 케이크에 얼굴을 처박았다. 귀뚜루르르, 귀뚜루르르…… 나는 얼굴에 묻은 크림을 손으로 훔치고 여자와 사내 사이에 고꾸라져 잠이 들었다.

타란툴라는 내가 키우는 거미였다. 아버지가 키운 고양이에 비한다면 타란툴라는 거의 손이 가지 않았다. 정해진 시간에 밥을 줄 필요도 없었고 미용을 해 줄 필요도 없었고 과도하게 사랑해 줄 필요도 없었다. 하루 한 번씩 귀뚜라미만 주면 됐다.

나는 채집통 뚜껑을 열고 핀셋으로 귀뚜라미를 집어 사육통에 사는 타란툴라에게 주었다. 타란툴라는 잽싸게 귀뚜라미를 낚아채 머리에 독니를 꽂았다. 독이 퍼지면서 귀뚜라미는 머리를 꺾인 채 죽어 갔다. 타란툴라는 독니로 귀뚜라미의 머리를 녹여 먹었다.

"짜장면 먹을래?"

사내가 느닷없이 방문을 열어젖히고 머리를 들이밀었다. 삼각김밥을 입에 넣은 채 나는 사내를 쳐다보았다. 사내는 사각팬티만 입고 문 앞에 서 있었다. 배꼽 아래 새긴 타란툴라 문신이 눈에 들어왔다. 티그리스 오너멘탈이었다. 여덟 개의 다리가 가슴을 휘감고 올라가 사내의 마른 몸을 크게 보이게 만들었다.

"짜장면 먹을 거냐고?"

나는 입에 든 삼각김밥을 꿀꺽 삼켰다.

"너나 많이 먹으시게."

사내는 책상에 있는 삼각김밥을 보고 거칠게 문을 닫았다. 문 옆에 걸어 둔 아버지 사진 액자가 기울었다. 덩달아 아버지 얼굴도 기울어졌다. 기울어진 액자를 바로잡고 다시 핀셋으로 귀뚜라미를 집어 타란툴라에게 주었다. 마지막 남은 귀뚜라미를 주고 사육통을 책상 끝으로 밀쳐놓았다. 그리고 귀뚜라미를 사러 가기 위해 채집통을 들고 나갔다. 사내는 탁자를 아버지 방 앞에 놓고 프랑스 영화를 보며 짜장면을 먹고 있었다. 간밤에 남은 면발과 양념으로 만든 것이었다.

"어디 가시게?"

나는 들은 척도 않고 현관문을 밀고 나갔다. 계단을 따라 일 층 대문까지 내려가자 오토바이가 보였다. 사내가 아침에 여자를 일터까지 데려다주고 와서 닦아 놓은 오토바이에 발자국을 내고 남산빵집으로 갔다. 남산빵집 앞에 있는 정류장에서 마을버스를 타고 청계천에서 내렸다. 아버지 카드로 오만 원을 뽑아 청계천변으로 걸어갔다. 청계천변 카페에는 양복을 입은 직장인들이 커피를 마시고 있었다. 곤충 가게로 가다 발길을 돌려 아버지가 자주 간 비디오 가게 골목으로 들어갔다.

비디오 가게는 문이 닫혀 있었다. 문에는 빨간 페인트로 '폐업' 글씨가 휘갈겨 쓰여 있었다. 아버지를 만나러 왔다가 허탕 친 것 같아 비디오 가게 앞에 쪼그려 앉았다. 골목길을 바쁘게 걸어가는 사람들 속에서 금방이라도 아버지가 튀어나올 것 같았다. 아버지가 프랑스 영화를 좋아한 건 어머니 때문이었다. 어머니를 위해 아버지는 택시 운전을 마치고 들어올 때마다 비디오 가게에 들러 프랑스 영화를 사 왔다. 어머니는 며칠 간 밤을 새워 프랑스 영화를 보고 나서 트렁크에 짐을 꾸려 집을 나갔다. 어머니가 집을 나간 후 아버지는 방에 틀어박혀 프랑스 영화를 보았다. 방 안에 있는 영화를 다 보고 나서 아버지는 어머니가 프랑스로 떠났다고 결론을 내렸다. 프랑스 영화를 본 어머니가 갈 곳은 프랑스밖에 없다고. 결국 아버지는 택시를 팔고 어머니를 찾아 프랑스로 떠났다.

나는 골목을 나와 곤충 가게로 갔다. 오늘 새로 들어온 귀뚜라미 백 마리를 사서 채집통에 넣었다. 귀뚜라미 때문에 마을버스를 타지 않고 한 손에 채집통을 들고 서울역까지 걸어갔다. 귀뚜라미가 울어대자 지나가는 사람들이 힐끔힐끔 쳐다보았다. 서울역 광장에서는 빨간 머리띠를 두른 사람들이 골목상권을 살려내라며 시위를 하고 있었다. 단상에서 머리에 붉은 띠를 비디오 가게 아저씨가 연설을 하고 있었다.

사내 때문에 일찍 집에 들어가고 싶지 않아 뒷자리에 서서 아저씨의 연설을 들었다. 아저씨가 오른손을 들어 올리며 골목 상권을 살려 내라고 하면 덩달아 나도 손을 올리고 소리를 쳤다. 몇 번씩 악까지 쓰며 따라하자 속에 뭉쳐 있던 것이 조금 날아가는 것 같았다. 연설이 끝났을 때 서서히 어둠이 내리고 있었다. 골목길을 따라 남산빵집까지 올라갔다. 남산빵집 유리창에는 구인 광고가 붙어 있었다. '여성 알바 구함. 평일 오전 10시에서 오후 6시 타임. 주 하루 휴무. 시급은 다른 빵집보다 천 원 더 줌.' 구인광고 아랫부분에 찢어 가도록 적어 놓은 전화번호를 떼어 집으로 갔다.

그 사이 여자는 들어와 있었다. 나를 보자 사내와 이야기를 하고 있던 여자가 입을 다물었다. 갑작스런 침묵에 서로 어색해하는데 귀뚜라미가 울었다. 아 시끄러워, 하며 사내가 탁자에 있는 바나나를 집어 아버지의 방으로 들어갔다. 나는 내 방으로 들어가 채집통을 책상에 놓고 뒤따라 들어온 여자에게 남산빵집에서 알바를 구한다며 찢어 온 종이를 건네주었다.

"다른 빵집보다 천 원 더 준대."

"난 지금 하는 일이 좋아."

"쉬는 날이 한 달에 두 번밖에 없는데도?"

"그래도 좋아. 가만히 앉아 별별 사람을 다 만나거든. 맥주를 마시는 사람, 소주를 마시는 사람, 양주를 마시는 사람, 고량주를 마시는 사람까지. 진열대에 놓인 술만큼 다양한 사람을 만나지만 일은 수월해. 빵집처럼 맛에 대해 설명해 줄 필요 없이 달라는 술을 주면 되니깐. 술맛을 설명해 달라는 사람은 없으니깐. 물론 가끔 진상들이 술맛이 싱겁다며 행패를 부릴 때도 있지만."

여자는 내가 준 종이를 돌돌 말아 휴지통에 던졌다. 여자가 일하는 곳은 서울 외곽이었다. 버스를 세 번 갈아타고 가야 하는 곳. 그곳은 거리가 멀고 일하는 시간도 길었다. 반면 남산빵집은 거리도 가깝고 일하는 시간도 짧았다. 게다가 남산빵집의 주인은 아버지 친구였다. 여러 가지 이유를 들어 남산빵집 아르바이트를 권했지만 여자는 마다했다. 여자의 생각을 존중해 주기로 했다. 일하는 당사자는 내가 아니라 여자였으니까.

나는 방 안의 불을 끄고 여자의 배 위로 올라갔다. 사내가 켜 놓은 프랑스 영화 소리 때문에 정신 집중이 되질 않아 내 것이 서지 않았다. 한껏 달아오른 여자가 급기야 입으로 해 줘도 소용이 없었다. 당장 문을 박차고 나가 비디오를 끄고 싶었지만 그럴 수 없었다. 타란툴라 문신을 새긴 사내를 감당할 자신이 없었다. 남자들은 처음 볼 때 안다. 이길 수 있는 사람인지 이길 수 없는 사람인지. 이길 수 있다면 덤비지만 이길 수 없다면 굴욕적이지만 고개를 숙이기 마련이다. 현관문에 머리통을 들이밀었을 때부터 이미 사내의 기에 눌린 것이다.

여자의 배 위에서 내려와 창문 너머 남산을 바라보았다. 밤 벚꽃을 구경하러 온 사람들로 남산은 북적였다. 밤사이 더욱 꽃망울을 터뜨린 벚꽃은 남산의 산허리를 하얗게 물들이고 있었다. 사람들은 남산타워에 뜬 달을 따러 가려는 듯 길을 따라 줄지어 올라갔다. 달이 조금씩 남산타워를 향해 올라가자 타란툴라도 달을 따라 올라갔다. 타란툴라는 낮에 움직이지 않고 밤에 움직였다. 마침내 달이 남산타워 꼭대기에 닿자 타란툴라는 더 이상 올라가지 않고 걸음을 멈추었다. 그때 여자가 이불을 들추고 일어나 나갔다.

십 분이 지나도 여자는 들어오지 않았다. 옥상에 올라갔나 하고 나가 보니 신발은 제자리에 있었다. 여자의 목소리는 아버지의 방에서 났다. 나는 바닥을 퉁, 차고는 옥상으로 올라갔다. 옥상 철문을 열자 적벽돌을 쌓아 만든 우리 속에서 오리들이 날개를 퍼덕였다. 달빛에 오리들이 벚꽃처럼 하얗게 빛났다. 개중 한 마리를 잡아 옥상 난간으로 갔다. 여자는 사내를 좋아한다? 나를 좋아한다? 사내를 좋아한다? 나보다 사내를 좋아한다는 생각에 아버지의 방을 향해 오리를 날렸다. 오리는 아버지의 방 근처에 닿지 못하고 날개를 퍼덕이며 떨어졌다. 일 층 노인이 밖으로 나와 오리를 찾았다. 나는 남산타워를 바라보고는 노인이 오기 전에 옥상을 내려갔다.

"달밤에 체조하고 오시나."

현관문을 열고 들어갔을 때 어둠 속에 서 있던 사내가 말했다.

"달밤에 체조를 하든 지랄을 하든 당신이 알 바 아니라네."

여자가 아버지의 방에 간 게 사내 탓인 양 퉁명스럽게 쏘아붙였다.

"알겠다네. 밤이 깊었으니 어서 주무시게."

말투를 흉내 내는 사내를 밀쳐 내고 내 방으로 들어갔다. 그 사이 여자는 들어와 있었다. 여자 옆에 눕지 않고 책상 앞에 앉아 핀셋으로 귀뚜라미를 꺼내 타란툴라에게 주었다. 타란툴라는 잽싸게 귀뚜라미의 머리에 독니를 꽂아 넣었다.

사내는 또 방을 구하러 나갔다 들어와 점심을 먹었다. 나는 사내와 같이 먹지 않으려고 평상시보다 일찍 점심을 먹었다. 거실에도 되도록 나가지 않았다. 하지만 스무 평도 안 되는 집에서 사내를 피하기는 쉽지 않았다. 피하려고 하면 할수록 더 자주 부딪혔다. 화장실을 가다 부딪힐 때마다 사내의 얼굴은 살이 쪄 보였다. 하긴 그럴 만했다. 식욕이 왕성한 사내는 내가 사흘간 먹을 바나나를 단번에 먹어 치웠으니까.

"바나나를 먹으면 난 강해진다네. 하지만 바나나라고 다 같은 건 아니네. 필리핀산을 먹어야 해. 왜냐, 당도가 높거든."

사내가 바나나를 까먹으며 말했다. 까무잡잡한 얼굴이 젖먹이처럼 뽀얗게 변한 것도 바나나 때문인지 몰랐다. 나는 사내의 말을 한 귀로 듣고 한 귀로 흘려보내며 아버지 방 문턱에 앉아 프랑스 영화를 보았다. 세 남녀는 욕탕에서 거침없이 옷을 벗어던졌다. 남자 둘과 여자 하나. 여자가 두 손으로 욕조의 물을 떠서 두 남자에게 뿌렸다. 튕겨져 나온 물방울이 화면에 이슬처럼 맺혔다. 두 남자도 욕조의 물을 떠서 여자에게 뿌렸다. 여자는 물을 뿌리면서 욕조 안으로 들어갔다. 뒤따라 남자 둘이 욕조에 들어가 몸을 담그자 화면 밖으로 물이 넘쳤다. 아무렇지 않게 셋이 욕조에 몸을 담글 수 있다니. 세 남녀는 무슨 조합일까 하고 생각하는데 사내가 바나나를 내밀었다.

"먹어 보시게."

나는 바나나를 밀어냈다.

"너나 많이 먹으시게."

영화의 다음 장면이 궁금해 방에 들어가 보려는데 사내가 두 팔을 벌려 앞을 막았다. 저리 비키시게. 점잖게 말하고 왼쪽으로 머리를 들이밀었다. 사내는 다리로 내가 들어가지 못하게 막았다. 저리 비키라니깐. 언성을 높이고 오른쪽으로 머리를 들이밀었는데 이번에도 막았다.

"프랑스 영화보단 바나나가 직방일 텐데요?"

"그게 뭔 소리세요?"

나도 능글맞게 받아쳤다.

"바나나를 안 먹으니까 좆이 안 선다는 얘기세요."

얼굴이 화끈거려 남산에 핀 벚꽃을 바라보았다. 벚꽃이 만개해 남산의 산허리는 하얗게 물들어 있었다. 남산의 벚꽃은 어제보다 조금 더 아름다웠지만 내 마음은 어제보다 조금 더 어두웠다. 여자가 내 것이 서지 않는다고 말한 것일까.

"니가 그걸 어떻게 알아?"

경황이 없다 보니 나도 모르게 반말이 튀어나왔다.

"니 얼굴에 써 있잖아. 좆이 서지 않는다고. 암튼 그거 할 때도 바나나를 먹고 해 보게. 그럼 설 테니. 근데 왜 타란툴라를 키우시나?"

사내가 내 손에 바나나를 쥐어 주며 물었다. 얼떨결에 바나나를 받아 쥐고 하지 않아도 될 대꾸를 했다.

"독니 때문이라네. 저렇게 작은 몸에도 사람을 죽일 수 있는 독니를 품고 있다네. 누구나 자신을 지키기 위해 독니 하나쯤은 품고 사는 게 아니겠나."

나는 사내의 몸에 새긴 타란툴라를 떠올리며 말했다.

"그렇게 어려운 건 난 모르겠네. 암튼 난 세상에서 타란툴라가 가장 무섭다네. 그래서 내 몸에 타란툴라를 새겼지. 그러면 강해질 테니까."

나는 가장 무서워하는 것을 몸에 새긴 사내가 이해가 되질 않았다. 하지만 세상에는 아무리 이해하려 해도 이해 못 하는 것이 있는 법이었다. 사내가 찾아온 것도 이해할 수 없었고 그런 사내를 보름간 머물게 해 달라는 여자도 이해할 수 없었다. 여자의 부탁을 거절하지 못하고 사내와 함께 사는 나도 이해할 수 없긴 마찬가지였다. 이해할 수 없는 나를 이해하려고 애쓰며 방은 구했냐고 물었다.

"못 구했다네. 괜찮은 방이라고 해서 가면 빛 한줌 들지 않더군.

난 이 집처럼 남산이 한눈에 보이는 곳이 좋다네. 샌님처럼 생긴 너도 맘에 들고."

사내는 나보다 두서너 살은 많았다. 나이가 많아서 경어체를 쓴 것은 아니었다. 낯선 사람에게는 경어체가 편했다. 경어체를 쓰면 말할 때 감정이 배제될 뿐 아니라 상대와는 거리감을 갖게 해 줬다. 상대와 일정한 거리를 두게 해 주는 게 경어체의 매력이었다. 내가 사내에게 경어체를 쓰는 이유였다. 그것도 모르고 사내는 덩달아 경어체를 썼다.

그날 밤 나는 바나나 다섯 개를 먹고 여자를 안았다. 그러나 프랑스 영화 소리 때문에 내 것은 서지 않았다. 여자는 말없이 등을 돌리고 누웠다. 나도 등을 돌렸다. 창문으로 액자 속에 들어있는 것 같은 남산이 보였다. 사내가 오기 전에는 평범한 날들이었다. 여자가 일하러 나가면 9급 공무원 시험공부를 하고 그러다 지치면 옥상에 올라가 일 층 노인이 키우는 오리에게 먹이를 주었다. 밤에는 여자와 한 번씩 그 일을 했고 어느 땐 두 번을 한 적도 있었다. 하지만 사내가 온 후 시험공부는 진척이 없었고 오리에게 먹이를 주지도 않았다. 무엇보다 여자와 하지 못했다.

어둠 속에서 남산의 벚꽃을 보며 얼마나 누워 있었을까. 여자가 이불을 들추고 일어나 나갔다. 십 분이 지나도 여자가 들어오지 않아 문을 열고 나갔다. 아버지의 방에서 프랑스 영화 소리와 함께 여자의 신음 소리가 새어 나왔다. 내게서 채우지 못한 욕망을 사내에게서 채우는 것일까. 나는 방문을 돌렸다. 방문은 잠겨 있었다. 뭐하는 거야? 내가 문을 때리자 사내가 나왔다. 프랑스 영화 본다오. 내가 들어가려고 하자 사내는 보름간은 자기 방이라며 밀어냈다.

"신음 소리가 났는데?"

그제야 여자가 옥상에서 오리가 울던데, 하고 말했다. 하지만 그건 오리가 우는 소리가 아니었다. 두 사람에게 속은 것 같아 발을 쿵쾅거리며 옥상으로 올라갔다. 철제문을 열자 우리 안에 있던 오리들이 날개를 퍼덕였다. 달빛에 오리의 날개가 하얗게 빛났다. 우리 안으로 들어가 가장 큰 오리를 잡았다. 오리가 빠져나가려고 날개를 퍼덕였지만 놓아주지 않고 옥상을 한 바퀴 돌았다. 여자는 사내를 좋아한다? 아냐, 나를 좋아한다? 아냐, 사내를 더 좋아한다? 나보다 사내를 좋아한다는 생각에 아버지의 방으로 오리를 던졌다. 오리는 발톱으로 창문 유리만 긋고는 곤두박질쳤다. 사내가 머리통을 내밀기 기다렸지만 창문은 열리지 않았다.

또 오리를 잡아 아버지의 방으로 던졌다. 오리는 창문에 닿지 못하고 날개를 퍼덕이며 앞집 지붕에 내려앉았다. 기왓장을 밟고 오리는 그 옆집으로 올라갔다 다시 그 옆집으로 갔다. 기와지붕을 오르락내리락하면서 오리는 그 너머로 사라졌다. 나는 또 도망치려고 날개를 퍼덕이는 오리를 잡으려고 두 손을 뻗었다. 오리는 내 손등을 할퀴고 밤하늘로 날아올랐다. 한 마리가 날자 옆에 있던 오리도 날아올랐다. 퍼더덕, 퍼더덕, 퍼더더덕…….

서른 마리가 넘는 오리가 밤하늘을 날아 남산타워 위에 뜬 달 속으로 들어갔다. 오리는 분화구에 둥지를 틀고 앉아 알을 낳았다. 오리가 알을 낳을 때마다 달이 조금씩 기울었다. 금세 분화구는 동그란 알로 가득 찼다. 알을 낳은 오리는 달 속에서 나와 종로 쪽으로, 서대문 쪽으로, 경복궁 쪽으로, 서울역 쪽으로, 남산타워로 날아갔다. 조금 후 남산타워로 날아간 오리가 공중을 한 바퀴 선회해 옥상에 내려앉았다. 오리는 뒤뚱뒤뚱 다가와 오렌지색 부리로 내 성기를 쪼아댔다. 잭의 콩나무처럼 성기는 점점 자라나 남산타워를 뚫고 달을 향해 올라갔다.

시간은 더디게 흘러갔다. 보름은 금방 지나가지 않았다. 멀리서 친구가 찾아온 셈 쳤지만 친구도 친구 나름이었다. 사내는 나하고는 맞지 않는 친구였다. 외모도 달랐고 성격도 달랐고 영화 취향도 달랐다. 사내와 보내는 하루가 열흘 같았다. 그러나 가지 않을 것 같은 시간도 정확히 갔다. 단지 조금 느리게 갔을 뿐이었다.

열흘이 지나면서부터 사내는 방을 구하러 나갔다 들어오면 하루에도 몇 번씩 프랑스 영화만 보았다. 보고 또 보고. 영화 소리 때문에 공부를 할 수 없어 소리를 질러도 사내는 볼륨을 줄이지 않았다. 더는 참지 못하고 문을 열고 거실로 나갔다. 사내는 비디오를 켜 놓은 채 방 문턱에 머리를 베고 대자로 뻗어 자고 있었다. 코를 드르렁거릴 때마다 배에 새긴 타란툴라가 살을 뚫고 나올 것처럼 커졌다. 볼륨을 줄이고 가까이 다가가 타란툴라를 만져 보았다.

"이게 무슨 소리야? 귀뚜라미가 우는 소리는 아닐 테고."

사내가 내 손을 탁 치고 일어났다. 깜짝 놀라 아무 짓도 안 한 것처럼 뒤로 물러났다. 사내 입에서 고량주 냄새가 났다.

"오리라네. 옥상 우리에 쥐가 들어가서 시끄럽나 보네."

나는 태연하게 말했다.

"무언가가 내 배를 밟고 지나가는 것 같아 눈을 떠 보니 오리였나 보구려. 밤에는 귀뚜라미가 지랄이더니 낮에는 오리가 지랄이라네."

사내는 또 내 말투를 흉내 냈다. 처음 들었을 때와 달리 이번에는 내게서 무언가를 빼내 간 것 같아 기분이 나빴다. 이러다가는 내가 가진 것을 야금야금 빼앗은 후 여자까지 빼앗아 갈 것 같았다. 나쁜 기분을 털어 내려고 현관문을 밀고 나갔다. 마침 옥상에서 내려오는 일 층 노인과 마주쳤다. 밤마다 오리가 사라져. 날지도 못 하는 오리가 어디로 사라지는지 원. 의심의 눈초리로 노인이 나를 쳐다보았다. 나는 노인에게 오리가 날아가는 걸 봤다고 했다. 제 눈으로 오리가 밤하늘을 날아 달 속으로 들어가는 걸 봤거든요. 미친 놈. 저러니까 제 어미도 모자라 제 아버지까지 집을 나갔지. 셋이 엉켜 사는 것을 보면 기절하겠군. 노인은 인상을 구기며 나를 밀치고 계단을 내려갔다.

나는 노인을 뒤로 하고 옥상에 올라갔다. 아버지가 떠난 지도 벌써 여섯 달째였다. 아버지가 떠난 후 프랑스 영화를 봤지만 큰 감명을 받지 못했다. 프랑스 영화는 내 취향에 맞지 않았다. 그런데도 밤마다 영화를 보며 아버지를 떠올렸다.

아버지는 주기적으로 내게 국제우편을 보냈다. 아버지는 프랑스에서 택시 경력을 살려 한국 관광객을 상대로 버스를 운전한다고 했다. 프랑스에서 프랑스 영화를 보니 좋긴 한데 잘 알아들을 수 없다는 이야기도 했다. 어머니 이야기는 없는 걸로 봐서 아직 못 찾은 것 같았다.

아버지는 프랑스로 가면서 이 빌라의 등기부등본을 내게 주었다. 그간 벌어 둔 돈도 주었다. 엄청나게 큰 액수는 아니어도 몇 년은 일하지 않고 살 정도로 충분한 돈이었다. 물론 큰돈이 필요할 땐 집을 팔아 쓰고 전세로 옮겨 가라는 말도 했다. 아버지는 어머니가 키우던 고양이도 주었다. 아버지는 택시 운전을 하러 나가기 전에는 언제나 어머니의 자리에 고양이를 앉혀 놓고 마주 앉아 밥을 먹었다. 그럴 때면 아버지의 자식은 내가 아니라 고양이 같았다.

아버지가 떠난 후 나는 고양이를 동생처럼 키웠다. 매달 말일이면 목욕을 시켜 주고 미용실에 데려가 털도 잘라 주었다. 아침저녁으로는 마주 앉아 밥을 먹으며 애정을 주었지만 고양이는 집을 나갔다. 고양이를 찾아 대문 일대를 뒤지고 남산 입구까지 가서 찾아봤지만 끝내 발견하지 못했다. 대신 그곳에서 여자를 만났다. 고양이를 찾지 않고 여자를 데리고 집으로 왔다. 아버지의 빈자리는 점점 여자로 인해 채워졌다.

마침내 내일이면 사내가 온 지 딱 보름이 되는 날이었다. 이제 내일이면 모든 게 예전처럼 돌아갈 터였다. 나는 휘파람을 불며 거실로 나갔다. 오늘 밤이 사내와의 마지막 밤이라고 생각하니 귀뚜라미 소리가 낭만적으로 들렸다.

"촛불이라도 켜야 하는 것 아냐? 생일은 아니지만."

탁자에는 여자가 사 온 케이크가 놓여 있었다. 여자는 씁쓸한 미소를 짓고 사내를 불렀다. 사내는 대답을 하지 않았다. 나는 문을 열고 들어가 사내에게 케이크를 먹자고 말했다. 벽에 기대 프랑스 영화를 보고 있던 사내는 들은 척도 않고 볼륨을 높였다. 오 분을 기다려도 나오지 않자 여자는 빵 칼로 케이크를 잘라 접시에 놓아 주었다.

"오토바이를 타고 태백에 간 적이 있었어. 다섯 시간 후 태백에 도착했을 때는 밤이었지. 얼마나 밤이 검은지 저 사람 얼굴도 검게 보였으니까. 밤에도 석탄가루가 날리는 그곳에서 저 사람은 짜장면을 만들었지. 짜장면을 만들어서 번 돈으로 오토바이 기름을 넣고 여관비를 내고 산길을 달렸어."

듣고 보니 여자와 사내의 이야기였다. 여자가 말한 저 사람은 사내였다. 여자는 나와 사는 동안 자기 이야기를 한 적이 없었다. 태어난 곳이 어디인지 살았던 곳이 어디인지 취미가 무엇인지 말하지 않았다. 심지어 이름까지. 이름 따위는 중요하지 않았다. 이름이야 여자의 가방을 뒤져 주민등록증을 까면 알 수 있었다. 중요한 것은 이름이 아니라 우리가 같이 살고 있는 현재였다. 여자에게 이것저것 묻지 않은 건 이런 이유였다. 하루하루 현재를 살다 보면 언젠가 여자가 자기 이야기를 할 거라 생각했다. 물론 사내가 한때 여자의 남자 친구라는 것쯤은 알았지만 누구냐고 묻지 않은 것도 그 이유였다. 한데 여자는 내 마음도 모르고 태백 이야기를 했다.

"오토바이 위에서 보는 풍경은 아름다웠어. 하지만 아름다운 풍경도 날마다 보니까 지겹더라고. 그래서 저 사람이 중국집에 일 나간 사이 고속버스를 타고 서울로 왔지. 바로 그날 남산에 올라갔다 널 만난 거고. 그때부터 저 사람은 오토바이를 타고 내가 일했던 곳을 돌아다니며 나를 찾은 거야. 그리고 오토바이를 타고 내 뒤를 밟아 이 집을 찾아온 거야. 암튼 저 사람은 짜장면 하나는 끝내주게 만들었어. 중국집 주방장이었거든."

사내가 만든 짜장면이 맛이 좋았던 게 이제야 이해가 갔다. 짜장면 삼천 그릇은 넘게 먹었다는 말은 농담이 아니었다. 생일날 먹은 짜장면이 먹고 싶다고 하자 여자는 갑자기 기분이 고무돼 사내 자랑을 하기 시작했다. 나는 사내 이야기가 듣기 싫어 접시에 있는 케이크를 뿔 칼로 찌르면서 남산을 바라보았다. 사내가 온 날 피기 시작한 벚꽃이 지고 없었는데도 남산에는 산책 나온 사람들로 북적였다. 그러고 보니 며칠 간 여자와 남산 산책도 못 했다는 생각이 들었다. 내일 사내가 가면 남산에 올라가자는 말을 하려는데 여자가 또 사내 이야기를 꺼냈다. 여자의 이야기를 끝까지 듣고 한마디 했다.

"그만해. 내일이면 저 놈은 나갈 테니깐."

다음 날이 왔지만 사내는 집을 나가지 않았다. 사내는 방을 구하지 못했다고 또박또박 말했다. 그의 말이 믿기지 않았다. 이 골목길만 해도 방은 많았다. 담벼락에는 '월세방 있음', '전세방 있음'이란 종이가 다닥다닥 붙어 있어 계약만 하면 당장 들어갈 수 있었다. 그런데 방을 못 구했다니. 담벼락에 붙은 '월세방 있음' 종이를 못 봤냐고 묻자 사내는 태연하게 못 봤다고 했다.

그다음 날에도 사내는 방을 구하러 나가지 않았다. 여자는 사내가 나가지 않는 것에 대해 아무런 변명도 하지 않았다. 이제 더는 두고 볼 수 없었다. 여자를 뺏기기 전에 사내를 쫓아내야 했다. 여자가 일을 나간 사이 채집통 뚜껑을 열고 핀셋으로 귀뚜라미를 꺼내 타란툴라에게 주었다. 타란툴라는 잽싸게 귀뚜라미의 머리에 독니를 꽂았다. 귀뚜라미를 먹으려는 타란툴라를 핀셋으로 집어 사내에게 갔다.

"저리 치워. 난 세상에서 타란툴라가 가장 무섭다고 했잖아."

프랑스 영화를 보던 사내가 두 손을 뻗어 내가 가까이 오지 못하도록 제지했다. 나는 핀셋을 이리저리 흔들며 위협했다.

"내 집에서 나가."

사내는 벌벌 떨기만 할 뿐 대답을 하지 않았다. 엉덩이로 뒷걸음질 치다 더는 물러날 곳이 없자 벽에 쌓아 놓은 비디오테이프를 내 쪽으로 무너뜨렸다. 비디오테이프를 죄다 무너뜨린다 해도 이젠 사내를 감당할 자신이 있었다. 내게는 타란툴라가 있었다. 사내 얼굴에 타란툴라를 들이댔다. 하얗게 사내의 얼굴이 변했다. 낚싯대를 던지듯 핀셋을 툭 흔들자 타란툴라가 사내의 배 위에 떨어졌다.

"집을 못 구했는데 어떻게 나가. 돈도 없고. 그렇게 싫으면 니가……."

말이 끝나기도 전에 사내는 기절을 했다. 타란툴라는 사내의 배를 타고 올라갔다. 사내의 목에 독니를 꽂아 넣을 것 같아 핀셋으로 타란툴라를 쳐 냈다. 타란툴라는 브라운관을 타고 올라가 욕조에 몸을 담그고 있는 세 남녀한테 갔다. 여자는 양쪽으로 팔을 뻗어 두 남자의 어깨에 손을 올려놓았다. 두 남자는 동시에 여자를 쳐다보았다. 질투심 하나 없는 두 남자의 눈빛. 타란툴라도 여자를 쳐다보았다. 여자는 타란툴라에게 눈길을 주지 않았다. 여자는 자신의 가슴에 붙은 타란툴라를 떼어 내고는 두 남자의 손을 잡고 욕조에서 나와 침대로 갔다. 여자는 두 남자를 자신의 양쪽 팔에 팔베개를 해 주었다. 여자는 더없이 행복한 표정이었다. 나는 여자에게서 시선을 거두고 사내를 쳐다보았다. 한참이 지났는데도 사내는 깨어나지 않았다. 혹시 죽었나 싶어 입가에 귀를 댔다. 새근거리는 숨소리와 함께 고량주 냄새가 났다. 사내의 두 팔을 잡아 어깨에 멨다. 생각보다 무거워 바닥에 엎어졌다.

"둘이 뭐 하는 거야?"

바닥을 짚고 일어서려는데 여자가 들어왔다.

"왜 이리 빨리 왔어?"

"진상하고 한바탕하고 일찍 왔어."

나는 사내를 옆으로 밀쳐 내고는 몸을 툭툭 털고 일어났다. 여자는 멍한 얼굴로 양손에 든 비닐봉지를 거실 바닥에 던졌다. 비닐봉지에는 삼각김밥과 바나나가 들어 있었다. 삼각김밥은 내가 좋아하는 것이었고 바나나는 사내가 좋아하는 것이었다. 나는 삼각김밥 대신 바나나를 하나 꺼내 먹었다. 오해하지 마. 아무 짓도 안 했어. 내 말에 여자는 대꾸도 않고 문턱에 앉아 프랑스 영화를 보았다. 밤마다 본 영화인데도 여자는 지루해하지 않았다. 정말 여자는 밤마다 영화를 본 것일까. 한참 후 여자가 내게 말했다.

"셋이 살면 안 될까?"

"셋이?"

나는 여자와 사내를 번갈아 쳐다보았다. 여자가 화면을 가리켰다.

"저 영화처럼 말야."

프랑스 영화라면 셋이 살 수 있었다. 둘이 사나, 셋이 사나 그건 영화니까. 이건 영화가 아니라고 했지만 여자는 새겨듣지 않았다.

현실 속에서 프랑스 영화처럼 셋이 목욕을 하고 셋이 한 침대에 누울 수는 없었다. 현실을 그린 게 영화였지만 현실에서는 남자 둘과 여자 하나가 살 수 없었다. 이건 진짜 현실이었다. 이 집에는 프랑스 영화처럼 셋이 목욕할 욕조도 없고 셋이 누울 침대조차 없었다.

나는 영화의 마지막 장면은 보고 싶지 않아 자리에서 일어났다. 그때 옥상에서 오리가 계단을 타고 뒤뚱뒤뚱 내려왔다. 한 마리, 두 마리, 세 마리, 네 마리, 다섯 마리…… 줄줄이 내려오는 오리가 현관 안으로 들어오지 못하도록 화장지를 집어 던졌다. 화장지는 오리의 머리통을 때리고 돌돌돌 풀어지면서 바닥에 떨어졌다. 먹잇감인 줄 알고 오리는 화장지를 잡아당겼다. 하얀 화장지가 겹겹이 주둥이에 들러붙었다. 오리들은 주둥이에 들러붙은 화장지를 질질 끌고 현관 안으로 들어왔다.

한 놈은 삼각김밥을 쪼았고 한 놈은 바나나를 쪼았고 한 놈은 사내의 배 위로 올라가 타란툴라를 쪼았다. 오리가 집 안을 휘젓고 다니며 꽥꽥거리자 귀뚜라미도 덩달아 울었다. 그런데도 사내는 깨어나지 않았다. 여자는 오리를 쫓아내려고 이 방, 저 방으로 뛰어다녔다. 나는 아버지의 방으로 들어간 오리를 쫓아내려다 영화의 마지막 장면을 보았다. 왜 하필 둘이 아니라 셋일까. 셋이 목욕하는 것까지는 이해할 수 있지만 셋이 한 침대에 누워 있는 것은 이해할 수 없었다. 그런데 세 남녀의 표정은 행복해 보였다. 어울려 보이지 않는 세 남녀가 더없이 어울리는 한 쌍 같았다. 둘이 모여 한 쌍이 되는 게 아니라 셋이 모여 한 쌍이 되는지도 몰랐다. 영화의 마지막 장면을 보며 나는 마치 알아서는 안 되는 비밀을 알아 버린 기분이었다. 어쩌면 어머니는 이 비밀을 알아 버리고 아버지를 떠나 프랑스로 갔는지 몰랐다.

나는 비디오 플레이어에서 프랑스 영화를 꺼내 패대기쳤다. 모서리가 깨지면서 검은색 테이프가 쏟아져 나왔다. 검은색 테이프를 쭉 잡아 뽑았다. 검은색 테이프는 끝도 없이 나왔다. 내일도 오늘과 별반 다르지 않을 거라는 생각이 들었다. 내일이면 여자는 아무 일 없던 것처럼 출근할 것이고 사내는 또 다른 프랑스 영화를 찾아볼 것 같았다.

종이비행기

여자를 기다리며 나는 종이를 접었다. 하얀 종이를 세로로 절반 접었다 펴서 머리 부분을 안으로 접어 넣었다. 머리 부분을 중심으로 이번에는 가로로 접은 후 양쪽을 다시 접어 몸통에 생긴 삼각형과 맞물렸다. 종이비행기는 머리와 몸통 부분을 맞물려 줘야 힘을 받아 견고해졌다. 맞물려 준 부분을 손바닥으로 꾹 눌렀다. 한 번, 두 번, 세 번.

마지막으로 종이의 양쪽 면을 밖으로 꺾어 날개를 만들었다. 종이비행기를 만들 때 가장 중요한 것이 날개였다. 날개의 균형을 잡아 줘야 무게중심이 맞았고 날렸을 때 손의 탄력을 받아 잘 날아갔다. 내가 원하는 방향으로 종이비행기를 날리려면 날개를 잘 접어야 했다.

나는 갓 접은 종이비행기를 들고 반지하방 창문 밖으로 고개를 내밀었다. 그러고는 건너편에 있는 이 층 노래방을 바라보았다. 통

유리창으로 된 노래방 룸을 하나씩 훑으며 여자를 찾았지만 보이지 않았다. 노래방 아래층인 편의점에도 여자는 없었다. 고개를 돌려 골목길 아래쪽을 보았다. 여자는 보이지 않고 카디건을 입은 남자와 나이키 운동화를 신은 남자가 골목길을 올라오고 있었다. 카디건과 나이키가 노래방에 올라간 후 십 분이 지나지 않아 여자가 골목길을 올라왔다.

여자는 굽이 10센티미터가 되는 구두를 신고 있었다. 언제나 여자는 굽이 높은 구두를 신었다. 키가 커 보이려고 굽이 높은 구두를 신었지만 여자는 구두를 신어도 160센티미터가 되지 않았다. 아내의 키도 160센티미터가 되지 않았다. 나는 키가 작은 여자가 좋았다. 아내를 좋아한 것도 키가 작아서였다. 독특한 성적 취향인지 모르겠지만 키가 작은 여자를 안고 있으면 이 여자가 내 여자라는 생각이 들었다. 나는 편의점 앞에서 담배를 피우고 노래방으로 올라가려는 여자에게 방금 접은 종이비행기를 날렸다. 종이비행기는 정확히 여자 앞에 떨어졌다. 여자는 나를 힐끔 돌아보고는 구둣발로 종이비행기를 밟더니 노래방으로 올라갔다. 네 번째 룸에서 여자는 카디건과 나이키와 함께 탬버린을 치며 노래를 불렀다.

두 달 전 나는 아내와 살던 집을 나와 이곳으로 이사를 왔다. 이삿짐을 풀고 가장 먼저 한 일은 새 일자리를 구하기 위해 이곳저곳 이력서를 넣은 것이었다. 하지만 마흔 살이나 먹은 남자를 받아 주는 곳은 없었다. '사십 세 미만 구인.' 만 나이로 서른아홉이라 써넣어도 소용이 없었다. 경력자를 구하는 곳도 하나같이 사십 세 미만을 구했다. 운 좋게 하나는 걸리겠지 하는 심정으로 백 군데 넘게 이력서를 넣었지만 연락이 온 곳은 없었다. 마흔 살에 노인이 되어버린 기분이었다. 죽음을 기다리는 노인처럼 나는 침대에 누워 온종일 무료하게 지내다 노래방에서 일본 관광객과 노래를 부르는 여자를 목격했다. 그때부터 나는 노래방을 주시했다. 여자가 없으면 편의점으로 눈길을 돌렸다.

편의점에는 일본 관광객이 많았다. 공항 근처 호텔에 묵는 일본 관광객이 노래방에 왔다가 편의점에서 컵라면을 먹었다. 일본인들에게 인기가 많은 김이나 라면도 이곳에서 사 갔다. 편의점이 주로 낮에 손님이 많았다면 노래방은 밤에 손님이 많았다. 노래방 손님은 크게 두 부류로 나뉘었다. 한두 시간 노래를 부르고 가는 손님과 여자를 불러 노는 손님. 전자의 경우는 저녁을 먹고 와서 깔끔하게 노래만 부르고 갔다. 시간을 연장해도 버스나 지하철이 끊기기 전에 들어갔다. 카디건과 나이키는 후자였다. 여자를 불러서 노는 손님. 여자는 카디건과 나이키가 올 때마다 노래방에 왔다. 물론 카디건과 나이키가 오지 않을 때도 왔다. 일주일에 세 번 올 때도 있었고 네 번 올 때도 있었다. 여자가 오는 날은 불규칙적이었다.

저녁 아홉 시가 넘자 여자는 카디건과 노래방에서 나왔다. 여자는 카디건을 따라 골목길을 내려갔다. 나는 반지하방 계단을 올라가 건물 밖으로 나간 뒤 여자를 뒤따라갔다. 여자는 카디건과 골목길 아래쪽에 있는 모텔로 들어갔다. 모텔 간판 너머로 공항의 활주로가 보였다. 모텔 주변을 어슬렁거리며 활주로 위로 날아오르는 비행기를 바라보았다.

이십 분 만에 여자는 모텔에서 나왔다. 여자는 주위를 두리번거리다 골목길을 올라갔다. 어둠 속에서 누군가 오른쪽 어깨에 실을 매달아 끌어 올리는 것처럼 여자는 왼쪽으로 기울어져 걸었다. 여자처럼 몸을 왼쪽으로 기울이고 걸어가 보았다. 여자의 냄새가 코에 닿았다.

여자가 노래방에 올라가고 나서 나는 반지하방에 들어갔다. 조금 후 여자는 나이키를 따라 다시 노래방을 나왔다. 눈이 마주치자 여자는 고개를 돌렸다. 밖에서 보이지 않도록 나는 방의 불을 껐다. 눈이 마주칠 때마다 피하는 걸 보면 여자는 내게 관심이 있는 것도 같았다. 하지만 종이비행기를 접는 남자를 누가 좋아할까. 여자는 고개를 돌린 채 골목길을 내려갔다. 뒤따라 나온 나이키가 여자의 손을 잡아끌고 내가 사는 반지하방 건물로 들어왔다. 문틈으로 지하 계단을 반쯤 내려와 있는 여자의 다리와 나이키의 다리가 보였다. 나이키는 계단 구석으로 여자를 밀어붙인 후 바지를 까 내렸다. 희미한 어둠 속에서 달처럼 하얗게 나이키의 엉덩이가 솟아올랐다. 벽에 기대 나이키를 받아들이는 여자와 또 눈이 마주쳤다.

얼른 문을 잡아당기고 빗자루를 집어 침대 밑에서 고개를 내민 쥐에게 던졌다. 쥐는 잽싸게 침대 밑으로 숨었다.

"방을 종이비행기로 도배했네요."

노크도 하지 않고 여자가 문을 열어젖혔다. 열린 문으로 계단을 쳐다봤지만 나이키는 가고 없었다. 여자는 구두도 벗지 않고 들어와 방 안을 둘러보았다. 열 평도 안 되는 방은 문을 중심으로 양쪽으로 나뉘어져 있는데 왼편에는 주방이 있었고 오른편에는 창문이 있었다. 창문 옆에는 주방에서 옮겨다 놓은 식탁이 있었다. 식탁 오른편으로 옷장과 침대가 있었다. 침대 아래에는 제지회사를 다닐 때 갖다 놓은 종이가 쌓여 있었다. A4용지는 물론이고 인쇄지부터 필기용지, 박엽지, 백판지, 모조지까지 있었다.

"노래방에서 〈부루라이토 요코하마〉를 부를 때마다 이 방을 보면 무언가가 날아다녔는데 이제 보니 그게 종이비행기였네요. 세상에 종이비행기를 접는 남자라니. 이걸 혼자 접었어요?"

여자가 눈을 동그랗게 뜨고 물었다.

"이 칙칙한 방에서 내가 할 수 있는 일은 종이비행기를 접는 것밖에 없으니까요."

"그럼 나도 접어 봐요?"

여자는 피식 웃고는 허리를 숙여 종이비행기를 만졌다. 바스락, 바스락. 종이비행기에서 바람이 스쳐 지나가는 소리가 났다. 창으로 들어오는 편의점 불빛에 여자의 얼굴이 비쳤다. 입가에는 립스틱이 번져 있었고 눈가에는 마스카라가 번져 있었다. 치마 자락에는 콧물처럼 정액이 묻어 있었다. 뒤늦게 여자는 치마에 묻은 정액을 보고 종이비행기의 날개를 찢어 닦았다.

"이렇게 살고 싶진 않았는데…… 한때는 내게도 꿈이 있었어요."

"꿈이요?"

노래방 건물 위로 날아오르는 비행기의 굉음에 창문이 덜덜덜덜, 흔들렸다. 덩달아 종이비행기도 덜덜거렸다. 점점 방 안이 덜덜거리는 소리로 가득 차 여자의 목소리가 들리지 않았다.

비행기가 지나간 뒤 여자는 까치발을 들고 내 목을 끌어안았다. 여자의 가슴이 내 가슴 아래에 닿았다. 한 손으로 여자의 허리를 끌어안고 다른 손은 블라우스 속으로 손을 넣었다. 여자의 가슴은 아내의 가슴처럼 따뜻했다. 허겁지겁 브래지어를 벗기고 치마를 끌어 내렸다. 골목길을 지나가는 차의 불빛이 여자의 몸을 비췄다. 번쩍 목에서 꽃이 피는가 싶더니 입에서 꽃이 피었고 손에서 꽃이 피었다. 배꼽에서 꽃이 피는가 싶더니 여자의 그곳에서 꽃이 피었다. 차의 불빛이 여자의 몸에 피워 낸 빨간 불꽃. 차가 지나가자 꽃도 사라졌다.

사라진 꽃을 찾는 것처럼 나는 여자의 가슴을 빨았다. 빨갛게,

여자의 가슴에서 꽃이 피어났다. 사라진 꽃보다 그 꽃은 더 빨갰다. 나는 여자를 들어 안아 침대에 눕혔다. 그리고 침대 밑에서 무릎을 꿇고 지렁이처럼 여자의 몸을 타고 기어 올라갔다. 정성스럽게 가슴까지 기어 올라가며 애무를 하자 여자는 완전히 젖었다. 가슴에 핀 꽃을 보면서 천천히 여자의 몸 안으로 들어갔다. 좋아요? 아내와 할 때처럼 무언가를 확인하듯 물었다. 너무 좋아요. 여자의 손톱이 내 엉덩이를 파고드는 순간 사정을 했다. 여자는 두 다리로 내 허리를 조였다. 구두 한 짝이 등에 떨어졌다. 여자는 발로 내 등에 떨어진 구두를 밀쳐 내고 나머지 한 짝도 벗어 던졌다. 나는 노래방 건물 위로 내려앉는 비행기를 보면서 여자에게 꿈이 뭐였냐고 물었다.

"내 꿈은 한국의 이시다 아유미가 되는 거였어요. 왜 〈부루라이토 요코하마〉를 부르는 일본 여가수 있잖아요. 얼마나 이 여자를 좋아했는지 예명도 아유미라고 했죠."

여자는 옷 속에서 담배를 꺼내 불을 붙여 피웠다. 하얗게, 담배연기가 피어올랐다. 여자는 급하게 담배를 빨고는 내 입 속에 담배연기를 넣어 주었다. 담배연기 속에서 여자 냄새가 났다. 그 냄새가 좋아 담배연기를 깊게 들이마셨다. 여자가 조금 더 좋아졌다. 여자는 다시 내 입 속에 담배연기를 넣어 주었다.

"처음엔 밤업소에서 노래했는데 웬걸 아유미라는 예명 대신 난쟁이로 불렸죠. 하지만 키는 작아도 남자들한테 인기는 많았죠. 남자들은 언제나 꿈을 키워 주겠다며 접근했어요. 그래서 남자들 앞에서 노래를 불렀죠. 그때 부른 노래가 〈부루라이토 요코하마〉예요. 하지만 남자들은 자고 나면 내 꿈 같은 건 거들떠보지 않고 떠났어요. 그렇게 남자들 앞에서 노래만 부르다 이 구석진 동네의 노래방까지 떠밀려 왔죠. 근데 당신 꿈은 뭐였어요?"

"내 꿈은 파일럿이었어요. 날아가는 비행기를 보면 그걸 몰고 어머니가 있는 북해도에 가고 싶었어요. 하지만 파일럿이 되기도 전에 어머니는 유골로 돌아왔죠. 그날 꿈은 깨졌어요."

내가 처음 종이비행기를 접은 것은 어머니가 북해도에 간 날이었다. 학교에서 돌아와 방에 틀어박혀 어머니가 돌아오기를 염원하며 종이비행기를 접어 날렸다. 일주일이 가고 한 달이 가고 두 달이 가도 어머니는 돌아오지 않았다. 그래도 종이비행기를 날렸다. 일 년 만에 종이비행기가 북해도에 닿았는지 연락이 왔다. 어머니가 죽었다는 것이었다. 어머니의 유골을 뿌린 후 더는 종이비행기를 접지 않았다.

그러다 두 번째로 종이비행기를 접은 것은 아내가 앞집 남자와 바람나서 집을 나갔을 때였다. 앞집 남자는 나보다 두 살 어려 형님, 동생하며 지내던 사이였다. 혼자 밥을 먹는 게 안쓰러워 종종 불러 밥을 먹었는데 아내와 바람이 난 것이다. 제지회사에 출근도 하지 않고 나는 어머니가 돌아오기를 염원한 때보다 더 간절하게 종이비행기를 접어 날렸지만 아내는 오지 않았다. 아내가 없는 내

인생을 송두리째 접고 싶었다. 하지만 접지 못하고 방 안에 있는 물건을 트럭에 싣고 이곳에 왔다. 이곳은 어머니가 북해도로 가기 전에 살던 집이었다.

다음 날 여자는 카트에 자신의 물건을 싣고 왔다. 카트에는 낡은 트렁크와 핸드백, 옷, 구두, 탬버린, 싸구려 화장품이 뒤죽박죽 섞여 있었다. 잎이 둥근 식물과 북해도 여행책도 있었다. 여행책은 얼마나 봤는지 모서리가 닳아 있었고 군데군데 찢겨 있었다. 여자는 카트에 든 물건을 하나씩 꺼내 주었다. 싸구려 화장품과 탬버린은 텔레비전 위에 놓고 식물은 창문가에 놓았다. 구두는 신발장에 넣고 트렁크는 옷장에 넣었다. 여자의 옷은 아내 옷을 밀쳐놓고 그 자리에 걸었다. 여자가 볼까 봐 아내 옷은 내 옷으로 덮었다. 아내가 쓰던 물건은 하나도 남기지 않고 버렸지만 옷은 버릴 수 없었다. 막연하게 돌아올 거라는 기대를 한 것이다. 그러나 이곳에 온 후 아내가 돌아오지 않는다는 걸 깨달았다. 한 번 지나간 시간은 돌아오지 않는 법이었다. 어머니와의 시간이 돌아오지 않는 것처럼 말이다.

여자의 물건이 놓이자 방 안은 꽉 찼다. 비록 여자의 물건은 낡았지만 칙칙한 방 안이 화려해졌다. 무엇보다 여자 냄새가 나서 좋았다. 그 냄새는 어딘가 아내의 냄새와 비슷했다. 나는 눈을 감고 여자의 냄새를 들이마셨다. 마치 옆에 아내가 있는 것 같아 미소를 짓는데 여자가 내 손을 잡고 침대로 올라갔다.

"누구 생각을 하길래 그렇게 미소를 지어요? 누군지 모르지만 그 생각은 그만하고 이거나 봐요. 내가 북해도 구경시켜 줄게요."

침대에 엎드리자 여자가 여행책을 펼쳤다. 눈에 덮인 설산이 나타났다. 설산은 하늘 높이 치솟아 신비스러워 보였다. 설산 위에는 하얀 달이 떠 있었고, 설산 아래에는 눈에 덮인 일본 전통가옥이 지붕만 드러낸 채 옹기종기 모여 있었다. 다음 장을 펴자 눈 속을 걸어가는 남녀가 보였다. 남녀는 두 손을 잡은 채 하염없이 눈 속으로 걸어가고 있었다. 네 개의 발자국은 계속 생겨났지만 눈에 묻혔다. 쏴아악, 하고 바람이 눈 위를 휩쓸고 지나가자 순식간에 남녀는 보이지 않았다. 눈이 내린 전신주에 앉아 있는 까마귀들, 눈 속을 달리는 기차, 눈이 내리는 하코다테의 야경, 끝없이 자작나무가 펼쳐진 눈의 언덕, 눈 속에서 키스를 하는 연인. 눈 덮인 북해도 사진을 보고 있자 아내가 집을 나갔을 때처럼 쓸쓸해졌다.

나는 여행책을 덮고 여자에게 쓸쓸하다고 말했다. 여자는 옷 속에서 담배를 꺼내 입에 물고 불을 붙였다. 몇 모금 빨더니 여자는 내 입 속에 담배연기를 넣어 주었다. 담배연기를 들이마시자 쓸쓸함이 조금 사라졌다. 하지만 그것을 내뱉자 쓸쓸해졌다. 또 쓸쓸하다고 말하자 여자는 옷을 벗고 나를 안았다. 이리 들어와요. 내 몸 안에 들어오면 쓸쓸함은 사라질 거예요. 허겁지겁 바지를 벗고 여자의 몸 안으로 들어갔다. 차가운 아내의 몸과 달리 여자의 몸 안은 깊고 따뜻했다. 사실 아내와는 한 달에 한두 번밖에 잠자리를 하지 못했다. 제지회사 트럭을 몰고 부산까지 종이 배달을 하고 들어오면 새벽 두 시였다. 후다닥 몸만 씻고 아내의 몸 안으로 들어가면 피곤함을 견디지 못하고 배 위에서 곯아떨어졌다. 그런 날이 반복되자 아내는 나를 밀어냈다. 하지만 여자는 나를 밀어내지 않고 온몸으로 받아 주었다. 이 여자가 내 아내 같았다.

"저 비행기는 어디로 갈까요?"

사정을 하고 났을 때 여자가 노래방 건물 위로 날아오르는 비행기를 보며 말했다.

"북해도로 가는 비행기예요."

"정말 북해도에 가는 비행기예요?"

"그럼요. 어머니도 저 비행기를 타고 북해도에 갔어요."

여자는 비행기가 어둠 속으로 사라질 때까지 바라보았다. 그러고는 침대에서 일어나 내게 뭐가 먹고 싶냐고 물었다.

"아무거나요."

"아무거나는 만들 줄 모르는데."

"그럼 야채고기밥요."

다른 음식을 고르고 싶었는데 습관적으로 아내가 주말마다 해 준 음식을 말했다. 아내가 돌아오지 않는다는 걸 깨달을 때마다 이상하게 아내가 해 준 음식이 떠올랐다. 여자는 주방으로 가더니 냉장고에서 말라비틀어진 당근을 꺼내 잘게 썰고는 돼지고기를 삶았다. 삶은 돼지고기에 당근을 넣고 간장과 물엿을 부어 프라이팬에 밥과 함께 볶았다. 고소한 냄새가 반지하방에 퍼졌다. 십 분 만에 야채고기밥이 완성됐다. 여자는 하필 아내가 좋아하는 접시에 야채고기밥을 담아 식탁에 놓았다. 그릇을 보자 아내가 떠올랐지만 내색은 하지 않고 여자와 마주 앉아 야채고기밥을 먹었다. 아내가 해 준 것보다 맛이 좋았다.

야채고기밥을 먹고 나서 또 여자의 몸 안으로 들어갔다. 무덤 같은 반지하방에서 내가 여자와 할 일은 그것밖에 없었다. 노래방에서 흘러나오는 유행가와 편의점을 들락거리는 일본 관광객과 골목길을 지나가는 차들의 불빛에도 아랑곳하지 않고 여자의 몸을 탐했다. 여자의 몸은 깊었다. 들어가도 들어가도 끝이 없었다. 그 깊은 몸속 끝에 다다르기 위해 나는 몸을 더욱 뾰족하게 세웠다. 그리고 절정에 다다른 순간 환락을 느꼈다. 이대로 죽어도 상관없다는 생각이 들 정도로 만족스런 섹스였다. 아내에게서 느껴보지 못한 환락이었다. 한 번도 가보지 못한 환락의 끝에 닿은 느낌이랄까. 그 환락을 찾아 또다시 여자의 몸 안으로 들어갔다. 환락 속에서 여자에게 쓸쓸한 정을 느꼈고, 그 쓸쓸한 정을 통해 여자가 조금 더 좋아졌다. 꿈같은 일주일이 그렇게 흘러갔다. 내게는 더없이 완벽한 일주일이었다.

일주일 만에 여자가 노래방에 나간 후 나는 공항에 갔다. 방 안에서 노래방을 바라보는 대신 공항 청사에 앉아 활주로 위로 날아오르는 비행기를 보며 시간을 보냈다. 무료한 시간을 때우기에 공항만큼 좋은 곳은 없었다. 비행기를 보고 있으면 무료함은 사라지고 괜히 가슴이 설레었다. 밤의 공항 청사는 일본 관광객으로 북적였다. 일본 관광객을 보면 어머니에게 배운 일본어로 곤방와, 곤방와, 하고 저녁 인사를 했다. 일본 관광객은 무표정하게 곤방와, 하고 인사를 했다.

공항 청사를 한 바퀴 돌아 나와 반지하방으로 갔다. 여자가 아직 들어오지 않아 방의 불이 켜 있지 않았다. 반지하방은 더욱 어두컴컴해 보였다. 창문을 열고 노래방을 봤지만 여자는 보이지 않았다. 불도 켜지 않고 나는 식탁에 앉아 여자를 기다리며 종이를 접었다. 바람이 좋아 종이는 손끝에 착착 감겼다. 종이를 접을 때는 바람이 불어야 좋았다. 바람이 없으면 종이는 습기를 머금어 쉽게 찢어졌다. 게다가 바람이 불어야 종이비행기를 날릴 수 있었다. 접은 종이를 식탁에 내려놓고 아내를 생각했다. 아내를 찾아 앞집 남자의 고향까지 찾아갔으나 그곳에도 없었다. 아내는 내가 찾을 수 없는 곳으로 앞집 남자와 도망친 것이었다. 한참 동안 아내 생각을 하고 있는데 여자가 들어왔다.

“불 좀 켜고 있지.”

여자가 문 옆에 있는 스위치를 올렸다. 여자는 내게 종이비행기를 접으며 누구 생각을 하냐고 물었다. 아내를 생각했지만 죽은 어머니를 생각했다고 말했다. 여자에게 아내가 있다는 말은 하고 싶지 않았다. 다시 아내를 만날 일은 없을 테니까.

"북해도에 가려고요."

여자가 냉장고에서 사이다를 꺼내 마시고 말했다.

"북해도엘요? 거길 왜요? 그 먼 곳을 왜 가요?"

"사진만 보는 건 이제 질렸어요. 북해도의 눈을 보고 싶어요. 그 눈을 만지고 느끼고 싶어요. 끝없는 눈 위를 걸어가고 싶어요. 그 눈 위에서 노래를 부르고 싶어요. '부루라이토 북해도'를요."

"그게 뭐예요?"

"이시다 아유미의 〈부루라이토 요코하마〉를 바꿔서 부르는 노래죠."

"그럼 나랑 같이 가요. 나도 어머니가 살았던 북해도에 가고 싶어요. 하코다테든 오타루든 삿포로든 노보리베츠든. 일본말도 웬만큼 할 줄 알아요. 아침 인사는 오하이오, 점심 인사는 곤니찌와, 저녁 인사는 곤방와. 맛있다는 말을 할 때는 오이시. 이 말만 알아도 일본인과 대화는 문제없어요. 그러니까 내가 따라가서 가이드 해 줄게요."

여자는 피식 웃고 담배를 꺼내 불을 붙여 피웠다.

"가이드는 필요 없어요. 이 여행책만 있으면 돼요. 가장 먼저 가고 싶은 곳은 하코다테예요. 하코다테를 보고 첫눈에 반했으니까요. 하코다테 항구의 야경이 얼마나 근사하던지. 하코다테를 구경하고 나면 여행책에 나온 곳을 한 군데씩 돌아볼 거예요. 그러면 겨울이 다 갈지 몰라요."

"그렇게나 길게요?"

여자는 고개를 끄덕이고는 북해도의 풍경에 대해 이야기를 했다. 면발이 쫄깃쫄깃한 라멘에 관한 이야기도 했다. 여자가 말을 많이 할수록 절망스러웠다. 여자의 말을 자르고 언제 돌아오냐고 물었다.

"그건 그때 가서 생각해 봐야죠. 내일 일도 모르는데 그때 일을 어떻게 알겠어요. 운 좋게 당신처럼 좋은 남자를 만나면 그 집에서 한 철 더 머물 수도 있고요."

여자는 다음 주 화요일에 북해도에 간다고 했다. 그때까지는 사흘이 남은 상태였다. 갑자기 심란했다. 나는 여자가 좋았다. 여자와 같이 살고 싶었다. 새 일자리를 구하면 어머니와 살았던 이 반지하방에서 여자와 새 출발을 할 작정이었다. 그런데 떠난다니. 이대로 보낼 수는 없었다. 어떻게 해서든 잡아야 했다. 여자마저 떠나고 나면 내게는 아무것도 남는 것이 없었다. 여자의 담배를 빼앗아 한 모금 빨았다. 마음이 조금 진정되는 것 같아 다시 한 모금 빨고 창밖으로 던지고는 여자에게 말했다.

"나랑 살면 안 돼요? 아니, 나랑 살아요."

여자는 고개를 저었다.

"종이비행기 접는 남자하고 살 수는 없잖아요."

내가 좋아서 카트에 물건을 싣고 온 줄 알았는데 여자는 그게 아니었다. 여자는 잠시 나를 지나가는 경유지쯤으로 생각하고 이곳에 온 것이었다. 여자는 침대로 올라가 불을 끄고 벽에 기댔다. 편의점 앞에 멈춰 선 차의 불빛이 여자 얼굴을 비췄다. 여자는 눈을 찡그리더니 차의 불빛을 피해 머리를 돌렸다. 조금 후 차가 지나가자 방 안은 어두워졌다. 비행기 소리도 들리지 않았다. 침대 아래서 쥐가 종이를 갉아 먹는 소리만 났다.

여자가 잠든 후 여행책 종이를 한 장 찢어 접었다. 종이 안에 여자가 걸어 다니는 골목길도 접어 넣었고, 여자가 다니는 노래방도 접어 넣었고, 여자가 담배를 사는 편의점도 접어 넣었다. 여자가 들고 온 카트도 접어 넣었고, 여자가 종종 창문 밖으로 고개를 내밀고 바라보는 비행기도 접어 넣었다. 나는 여자가 좋아하는 것을 접어 넣은 종이비행기를 만들어 창밖으로 날렸다. 종이비행기는 날지 못하고 창문 앞에 떨어졌다.

여행책을 또 찢어 접었다. 종이를 찢을 때마다 야릇한 쾌감이 일었다. 다시 종이 안에 여자의 물건을 넣어 접었다. 점점 방 안에는 종이비행기가 쌓여 갔다. 여행책을 죄다 찢어 접고 나서 침대 아래 있는 인쇄지와 필기용지를 꺼내 접었다. 백판지와 모조지와 A4용지까지 접고 나자 방 안에는 종이가 한 장도 남아 있지 않았다.

더는 접을 게 없자 옷장에서 아내 옷을 꺼내 접었다. 아내 옷을 접고 나서 여자 옷을 접었다. 손에 잡히는 대로 옷을 접은 후 여자가 가져온 식물을 접었다. 또 뭐가 있나 둘러보다 침대 밑에 있는 쥐를 빗자루로 때려잡았다. 종이를 갉아 먹은 쥐는 배가 아주 불룩했다. 쥐를 방바닥에 놓고 배를 누르자 개구리 알 같은 종이가 입에서 쏟아져 나왔다. 쏟아져 나온 종이를 훔쳐 내고 쥐를 평평하게 펴서 종이비행기와 같은 순서대로 접었다. 그리고 다음 날 밤이면 접은 것들을 순서대로 폈다. 그리고 다음 날에는 편 것들을 다시 접었다.

이제 방 안은 종이비행기로 발을 디딜 틈이 없었다. 반지하방 창문으로 바람이 불어오자 종이비행기들이 날아올랐다. 10센티미터씩, 20센티미터씩, 30센티미터씩 공중으로 떠오른 종이비행기가 바람을 타고서 다른 종이비행기의 등에 올라탔다. 등에 올라탄 종이비행기를 집어 노래방을 향해 날렸다. S자를 그리며 날아오른 종이비행기는 노래방에 닿지 못하고 떨어졌다. 다시 종이비행기를 날렸다. 이번에도 노래방에 닿지 못하고 아래층에 있는 편의점 안으로 들어갔다. 어서 오세요, 하고 편의점 알바가 종이비행기를 보고 인사를 했다. 그러다 종이비행기인 걸 알고 나를 쳐다본 후 꾸벅꾸벅 졸았다.

손에 잡히는 대로 종이비행기를 날렸다. 하나는 노래방 너머로 날아갔고 하나는 편의점 유리에 부딪쳤다. 더러는 지나가는 차에 치여 떠오르지도 못 하고 곤두박질쳤다. 개중 몇 개는 찢어지고 개중 몇 개는 바퀴에 깔렸다. 그렇게 버렸는데도 방 안에는 종이비행기가 많았다. 이것을 버리기 위해 나는 문 밖에 있는 카트를 가져다 종이비행기를 담았다. 침대 아래로 들어간 것을 담고 있을 때 여자가 들어왔다.

"북해도 비행기 티켓을 사 왔어요."

여자는 비행기 티켓을 머리 위로 흔들며 빙그르르 돌았다. 마찌노 아카리가 도데모기레이네, 요코하마 부루라이토 요코하마, 아나따또 후타리 시아와세요, 이쯔모노 요우니 아이노 고또바오…… 여자는 탬버린을 치며 이시다 아유미보다 더 간드러지게 〈부루라이토 요코하마〉를 불렀다. 목소리도 아주 좋았다. 노래 끝부분에서는 요코하마 대신 북해도를 넣어 깔끔하게 마무리했다.

"여행책이 없어도 이것만 있으면 북해도에 갈 수 있어요. 암튼 이제 반지하방하고도 굿바이네요."

굿바이라는 말에 목이 턱 막혔다. 나는 냉장고에서 사이다를 꺼내 마셨다. 너무 급하게 마셔 목에 사레가 들렸다. 여자는 사이다를 가로채 마시며 물었다.

"종이비행기를 왜 카트에 담는 거예요?"

"버릴려고요."

"이 많은 것을요? 어디에다요?"

"한강에다."

비행기 티켓을 식탁에 놓고 여자는 한강에 따라가겠다고 했다.

나는 여자가 등을 돌리고 옷을 갈아입는 사이 슬쩍 비행기 시간을 보았다. 내일모레 밤 아홉 시 오십 분발 북해도행 티켓이었다. 비행기 티켓을 집어 바지주머니에 넣었다. 이것만 없애면 여자는 북해도에 갈 수 없었다.

속으로 쾌재를 부르며 카트를 들고 밖으로 나갔다. 여자는 비행기 티켓이 없어진 줄도 모르고 이내 따라 나왔다. 여자와 카트를 밀고 골목길을 내려갔다. 골목길 아래쪽에 있는 모텔을 지나 왼편으로 가자 공항이 나왔다. 공항 청사에서 일본 관광객들이 트렁크를 끌고 걸어 나왔다. 곤방와, 하고 일본 관광객들에게 손을 흔들어 주었다. 일본 관광객들은 무표정한 얼굴로 곤방와, 하고 인사를 했다. 일본 관광객들을 지나 십 분을 가자 한강이 나왔다.

카트를 밀고 한강 다리 밑으로 내려갔다. 트레이닝복을 입은 사람들이 빠른 걸음으로 걸어 다니고 있었다. 연을 날리는 사람도 있었고 낚시하는 사람도 있었다. 낚시하는 사람들을 지나 한적한 곳으로 갔다. 카트의 뒤쪽 바퀴가 부서져 쇳소리를 냈다. 카트 너머로 시커먼 강물이 흘러가고 있었다. 나는 카트에 있는 종이비행기를 집어 날렸다. 종이비행기는 바람을 타고 강물에 떨어졌다.

점점 강물 위에는 종이비행기가 늘어났다. 종이비행기는 강물을 따라 흘러가지 못하고 물에 젖었다. 물에 젖자 종이비행기는 원래의 종이 형태로 펴졌다. 눈이 내린 전신주에 앉아 있는 까마귀들, 눈 속을 달리는 기차, 눈 속에서 키스를 하는 연인, 눈이 내리는 하코다테의 야경, 끝없이 자작나무가 펼쳐진 눈의 언덕…… 펴진 종이에서 북해도의 풍경이 생겨났다. 풍경과 풍경이 서로 겹치면서 물살을 따라 이리저리 흔들리다 가라앉았다. 나는 주머니에서 비행기 티켓을 꺼내 날렸다.

"미쳤어요? 그건 내 북해도 비행기 티켓인데."

여자는 나를 밀치고 달려가 비행기 티켓을 주워 가슴 속에 넣었다. 뒤로 다가가 여자를 끌어안았다.

"가지 마요."

여자가 몸을 돌려 나를 밀어냈다.

"가지 말라니요?"

"당신을 사랑해요."

"세상에 사랑이 어딨어요? 남자들은 자고 나면 날 떠났어요."

"난 당신을 떠나지 않을 거예요."

"웃기지 말아요."

여자는 구둣발로 내 정강이를 차고 뛰어갔다. 한 손으로 정강이를 잡고 한 손으로 카트를 밀며 뒤쫓아 갔다. 앞에서 오는 사람들이 시끄러운 쇳소리에 놀라 옆으로 비켜섰다. 여자는 공항 청사로 들어갔다. 카트를 밀고 뒤쫓아 갔다. 여자는 공항 청사를 한 바퀴 돌아 나갔다. 대각선으로 달려 여자를 뒤쫓아 나갔다. 여자는 횡단보도를 건너 달렸다. 나도 횡단보도를 건너 쫓아갔다. 앞에서 오는 사람들이 카트를 피해 옆으로 비켜섰다. 여자는 모텔을 지나 골목길을 올라가서는 곧장 반지하방으로 들어갔다. 계단에 카트를 놓고 반지하방으로 들어갔다. 여자는 어둠 속에서 벽을 보고 누웠다. 내가 비행기 티켓을 가져갈까 봐 여자는 옷을 벗지 않고 잤다.

다음 날 저녁 여자는 트렁크를 꺼내 자신의 물건을 집어넣었다. 나는 여자에게 코코뱅 요리를 해 주기 위해 생닭을 도마에 올려놓고 식칼로 잘랐다. 반토막 낸 닭을 다시 사등분해 냄비에 넣고 싸구려 와인을 부었다. 와인이 흘러내리면서 닭을 붉게 물들였다. 감자와 단호박을 썰어 넣고 골고루 뒤적여 가스레인지에 냄비를 올려놓았다.

닭이 익는 동안 여자의 물건이 하나씩 빠지자 이빨 빠진 것처럼 군데군데가 휑했다. 여자는 휑한 자리마다 종이비행기를 놓았다. 하지만 휑한 자리는 메워지지 않고 더 휑해 보였다. 나는 주방서랍에서 컵과 접시를 꺼내 식탁에 놓았다. 냅킨도 꺼내 사이다와 함께 컵 옆에 놓았다. 그리고 와인에 익힌 닭고기를 접시에 담았다.

"날 위한 최후의 만찬인가요? 고마워요."

식탁에 접시를 놓자 여자가 말했다.

"근데 이건 무슨 요리예요?"

"코코뱅이에요. 와인에 절인 닭. 아내가 좋아한 요리죠."

"아내가 있었어요?"

여자가 어이없다는 표정으로 나를 쳐다보았다.

"앞집 남자와 바람이 나서 나를 버리고 떠난 아내가 있었어요. 그래서 혼자 이곳에 온 거죠. 어머니도 나를 버리고 떠났고 아내도 나를 버리고 떠났어요. 여자들은 언제나 내 옆에 오래 머물지 못하고 떠났어요. 그리고 당신도 나를 떠나겠죠."

뚜껑을 따서 여자의 잔에 사이다를 따라 주고 내 잔에도 따른 후 잔을 부딪쳤다. 한 모금 입에 대고 나는 잔을 내려놓았다. 여자는 뼈를 발라내며 맛있게 코코뱅을 먹었다. 양념이 입술에 묻을 때에는 냅킨으로 살짝살짝 닦았다. 나는 코코뱅을 먹지 않고 사이다만 홀짝였다.

"가기 전에 우리 한 번 해요."

나는 여자를 들어 안아 침대에 올려놓았다. 진하게 여자 냄새가 났다. 여자 냄새를 맡자 이대로 여자를 보낼 수 없다는 생각이 더욱 강해졌다. 여자의 가슴 속으로 손을 넣어 비행기 티켓을 찾았다. 비행기 티켓은 손에 잡히지 않았다. 팬티 속에도 없었다. 여자의 몸을 뒤집어엎어 등을 살폈다. 등에도 비행기 티켓은 없었다. 대체 어디에 숨겼을까. 시트에 떨어졌나 봤지만 종이 쪼가리 하나 나오지 않았다. 여자는 내가 찾지 못하도록 비행기 티켓을 꼭꼭 숨겨 둔 것이다. 나는 여자에게 다시 한번 가지 말라고 말했다. 여자는 단호하게 고개를 저었다.

"당신을 접을 거예요."

여자가 깔깔거리며 웃었다.

"날 접는다고요? 어디 한번 접어 봐요?"

깔깔거리는 웃음소리는 건물 위로 날아오르는 비행기 굉음에 묻혔다. 덜덜덜덜, 창문이 흔들렸고 덩달아 내 몸도 덜덜거렸다. 침대에 누워 있는 여자의 몸도 덜덜거렸다. 나는 두 손을 여자의 배 위에 올려놓고 종이의 표면을 펴듯 양손으로 몸을 쫙 폈다.

"이제는 나도 종이로 보이나요? 난 종이가 아니에요."

"종이가 아니라도 상관없어요. 난 이 방에 있는 건 다 접었어요. 종이도 접었고 옷도 접었고 식물도 접었고. 심지어 쥐까지. 그러니 당신도 접을 수 있어요."

나는 왼손으로 여자의 허벅지를 누르고 오른손을 등 아래로 넣어 상체를 일으켜 세웠다. 조금씩 상체가 올라와 여자는 ㄴ은 모양이 됐다. 여자는 고개를 돌려 나를 쳐다보았다. 이건 또 무슨 체위예요? 세상에 이런 체위도 있어요? 이건 세상에 단 하나밖에 없는 체위라고 말하고 여자의 등을 세게 눌렀다. 활처럼 등이 굽히면서 가슴이 터질 것처럼 삐져나왔다.

"이제 당신은 종이비행기가 될 거예요. 그러니까 내가 당신을 종이비행기로 만들어 날려 줄게요. 당신이 가고 싶어 하는 북해도까지."

나는 침대 위로 올라가 발로 여자의 등을 밟았다. 뚜두두둑. 짧은 비명과 함께 상체가 고꾸라졌다. 반으로 접혀진 여자의 등은 하얀 종이 같았다. 여자의 팔을 안으로 접어 넣은 다음, 다시 반을 접어 다리와 맞물려 주었다. 종이비행기는 머리와 몸통 부분을 맞물려 줘야 힘을 받아 견고해졌다. 맞물려 준 부분을 손바닥으로 꾹 눌렀다. 바스락, 바스락, 바스락. 접을 때마다 바스락거리는 소리가 나서 여자가 아니라 종이를 접는 것 같았다.

마지막으로 날개를 만들기 위해 여자의 몸속에서 두 팔을 빼냈다. 팔이 나오면서 비행기 티켓이 침대 밑으로 떨어졌다. 이제 비행기 티켓은 필요 없었지만 나는 침대 밑으로 내려가 그것을 주워 여자의 몸속에 넣고 같이 접었다. 종이비행기를 만들 때 가장 중요한 것이 날개였다. 날개의 균형을 잡아 줘야 무게중심이 맞았고 날렸을 때 손의 탄력을 받아 잘 날아갔다. 원하는 방향으로 날리려면 날개를 잘 접어야 했다. 여자의 팔을 꺾어 날개를 만들어 주었다.

이제 침대에는 여자 대신 종이비행기가 놓여 있었다. 여자로 만든 종이비행기. 지금껏 내가 만든 종이비행기 중에서 가장 아름다웠다. 나는 여자를 북해도로 날리기 위해 손바닥에 올려놓았다. 종이비행기가 된 여자는 몸이 너무 가벼워져 무게감이 느껴지지 않았다. 종이비행기를 침대에 내려놓고 냄새를 맡아 보았다. 여자 냄새는 나지 않았다. 종이비행기를 끌어당겨 만져 보았다. 부드러웠다. 이제껏 느껴보지 못한 강렬한 욕망이 일었다. 여자와 하고 싶었다. 하지만 종이비행기가 된 여자와는 할 수 없었다. 여자와 하려면 종이비행기가 되는 것밖에 방법이 없었다. 종이비행기가 되어서 바람을 타고 날아가 여자의 등에 올라타면 됐다.

나는 종이비행기가 된 여자를 바라보며 옷을 하나씩 벗었다. 팬티까지 벗고 나서 두 팔을 가슴 안으로 집어넣었다. 어깨도 최대한 가슴 안으로 모아 주고 여자를 접을 때와 똑같은 순서대로 나를 접었다. 다리까지 접고 난 후 몸속에서 두 팔을 빼내 날개를 만들었다. 그리고 여자에게 날아가기 위해 날개를 폈다. 바람이 불지 않아 날개가 움직이지 않았다. 몸을 이리저리 바둥거려도 날개는 꿈쩍을 하지 않았다. 바람이 불 때까지 기다렸다. 아무리 기다려도 바람은 불지 않았다.

나는
보스턴에서
왔습니다

여자는 검은색 원피스에 검은색 구두를 신고 버거킹에 들어왔다. 장례식장에 다녀왔는지 손에 든 가방도 검은색이었다. 출입문 앞에서 여자는 햄버거를 먹는 손님을 하나하나 살피다 내게 눈길을 주었다. 나는 살짝 머리 위로 손을 들어 보였다. 그것을 신호로 여자는 나를 향해 걸어왔다. 치맛자락 밑으로 삐져나온 가느다란 다리 때문에 검은 새가 걸어오는 것 같았다. 여자는 나이가 들어 보였다. 적어도 나보다 다섯 살은 연상이었다. 화장으로 나이를 가린다고 했지만 얼굴에 새겨진 세월까지 가릴 순 없었다. 그러나 내게 나이는 중요하지 않았다.

"보스턴입니다."

이름을 밝히자 여자는 앞자리에 앉더니 검은색 원피스에 묻은 하얀 새털을 떼어 냈다. 어깨에도 새털이 묻어 있었지만 말하지 않았다. 간밤에 여자와 채팅을 하면서 내가 요구한 것은 섹스였다.

여자는 다른 여자들과 달리 꼬치꼬치 캐묻지 않고 순순히 내 제안에 응했다. 여자에게 버거킹에서 만날 시간을 알려 주고 채팅을 끝낸 게 새벽 두 시였다. 채팅할 때처럼 여자는 별다른 질문을 하지 않았다. 여자는 묘한 매력이 있었다. 검은색 옷 때문에 어딘가 성스러워 보였다. 그런 성스러움이 나를 자극했다.

나는 매대에서 콜라 두 잔을 사서 한 잔을 여자에게 주었다. 여자는 콜라를 마시며 중국인 교회를 바라보았다. 이 동네는 중국인 교회를 중심으로 거미줄처럼 버거킹과 원룸과 단독주택이 낮게 들어서 있었다. 중국인 교회는 말 그대로 한국에 온 중국인들이 다니는 교회였다. 인근 지역인 구로와 대림에서 일하는 중국인들이 날마다 철야 기도를 하러 왔다. 그로 인해 낮이나 밤이나 이곳은 중국인이 많았다. 중국인인가 아닌가 구별하는 방법은 옷차림이었다. 중국인들은 유행에 뒤떨어진 옷을 입었다. 귀 주변을 촌스럽게 바짝 쳐올린 머리 스타일도 마찬가지였다. 옷차림과 머리 스타일만 보면 나도 중국인처럼 보였다. 나는 콜라를 마시고 여자에게 내 원룸으로 가자고 말했다. 레츠 고, 투 마이 플레이스. 한국말로 한다는 게 마음이 급해 영어가 튀어나왔다.

"한국사람 아니에요?"

십팔 년 전 보스턴에 입양됐다 몇 달 전 한국에 왔다고 하자 여자는 나에 대한 불신이 풀렸는지 미소를 지었다. 의도하지 않았지만 여자들은 입양아라고 하면 불쌍히 여겼다. 이곳 여자들은 보스던 여자들과 달리 남자에 대한 보호 본능을 갖고 있었다. 아낌없이 뭔가를 주려고 했다. 여자들에게 보호받고 있다는 생각이 들면 왠지 한국에 잘 왔다는 기분이 들었다. 누구한테 보호받는 기분을 난 생처음 이곳에 와서 느낀 것이다. 그러나 그 기분은 오래가지 않았다. 여자들이 가고 나면 그 기분은 사라졌다. 나는 여자와 버거킹을 나와 중국인 교회 뒤편에 있는 원룸으로 갔다.

여자가 욕실에 들어간 후 나는 맞은편에 있는 중국인 교회를 바라보았다. 교회 앞에는 둥그런 연못이 있었다. 연못 속으로 거꾸로 서 있는 중국인 교회가 보였다. 거꾸로 떠 있는 달도 보였고 거꾸로 서 있는 중국인들도 보였다. 중국인들은 거꾸로 서서 태극권을 하고 있었다. 맨 앞의 중국인이 두 팔을 가슴께로 모아 자세를 잡자 뒤에 있는 중국인도 두 팔을 가슴께로 모아 자세를 잡았다. 가슴께로 모은 두 팔을 앞으로 밀치자 하얀 도복 자락이 흔들렸다. 동시에 연못의 수면이 떨리더니 동심원이 퍼져 나갔다. 중국인은 다시 두 팔을 배꼽에 모으고 오른쪽 발을 둥그렇게 휘둘렀다. 다시 수면이 떨리면서 다섯 명의 중국인이 열 명으로 늘어났고 열 명은 스무 명으로 늘어났다. 스무 명의 중국인들은 연못 속을 걸어 다니며 태극권을 했다.

조금 후 달이 수면을 뚫고 올라가자 연못 속은 밤처럼 어두워지고 연못 위는 낮처럼 밝아졌다. 데칼코마니처럼 연못 위에는 연못 속에서 본 중국인 교회가 똑바로 서 있었다. 중국인들도 똑바로 서서 태극권을 했다. 중국인들은 철야 기도 때마다 교회 마당에 나와 태극권을 했다. 그들은 잠을 쫓기 위해 태극권을 했고 나는 잠이 오지 않아 태극권을 따라했다.

"여기서도 중국인 교회가 보이네요."

욕실에서 나온 여자가 말했다.

"중국인 교회, 이 동네 한가운데 있어요."

나는 어깨를 으쓱하며 이 동네 주민처럼 말했다.

"이 동네가 좋아요?"

"중국인 많아 좋아요. 한국 왔는지 중국 왔는지 헷갈리지만 그들 보면 덜 쓸쓸해요. 그들이 중국 떠나 이곳 온 것처럼 나도 보스턴 떠나 이곳 왔어요. 그래서 중국인들 친근하게 느껴져요."

여자는 침대 모서리에 엉덩이를 걸치고 앉아 나를 향해 다리를 뻗고는 원피스 자락을 끌어 올렸다. 원피스 자락을 따라 내 눈동자도 올라갔다. 막 그곳이 보이려는 순간 여자가 원피스 자락을 움켜잡았다. 여자는 팬티를 입고 있지 않았다. 나는 짐승처럼 네 발로 기어가 두 다리 사이로 머리통을 들이밀었다. 여자의 그곳에서 내가 쓰는 비누 향이 났다. 여자는 원피스 자락을 공작처럼 활짝 펴서 내 몸을 덮었다. 사방이 검게 변해 아무것도 보이지 않았다. 본능적으로 여자의 그곳을 찾아 들어갔다. 내가 엉덩이를 움직일 때마다 원피스 자락이 풍선처럼 부풀어 올랐다. 섹스가 끝났을 때 여자는 원피스 자락을 다시 펴 올렸다. 나는 원피스 자락을 들추고 네 발로 기어 나왔다. 여자는 내 얼굴에 난 땀을 닦아 주고 침대 옆에 있는 액자를 가리키며 저기가 어디냐고 물었다.

"보스턴입니다."

"진짜 아름다운 곳이네요. 가서 살고 싶을 만큼."

액자 속에는 보스턴의 공원과 빌딩과 화려한 집들이 있었다. 보스턴은 이곳에 오기 전 내가 살았던 곳이었다. 하지만 내가 살았던 집은 액자 속에 들어 있지 않았다.

여자는 액자를 바라보고 나서 검은색 가방을 들고 일어났다. 내가 중국인 교회까지 바래다준다고 하자 여자는 고개를 젓고 원룸을 나갔다. 여자는 중국인 교회 앞을 지나면서 태극권을 하는 중국인들을 한참 바라보았다. 중국인 교회 앞에 공항버스가 서고 나서야 여자는 시선을 돌렸다. 공항버스에서 캐리어를 든 여자 두 명이 내렸다. 여자는 공항버스가 떠나는 걸 보고 횡단보도를 건너갔다. 여자가 시야에서 사라진 후 침대에 누웠다. 간밤에도 한숨을 못 잔 터였지만 잠이 오지 않았다. 이곳에 온 지 수개월이 지났는데도 내 몸은 아직 시차에 적응하지 못했다. 이곳보다 열세 시간 느린 보스턴은 지금 낮 열두 시였다. 이곳이 낮이면 보스턴은 밤이고 이곳이 밤이면 보스턴은 낮이었다. 아직도 내 몸은 보스턴의 낮 시간에 맞춰져 있었다.

나는 보스턴에서 틈틈이 하던 요가를 해 봤다. 마음대로 몸이 유연하게 움직여 주지 않았다. 요가를 멈추고 태극권을 따라하는 사이 밤이 깊어졌다. 중국인 교회 주변에 있던 집들은 거의 불이 꺼져 있었다. 나도 불을 끄고 침대에 누웠다. 여전히 잠이 오지 않았다. 시간이 흐를수록 정신은 말짱해졌다. 채팅을 할까 하다 애완견 수의를 만드는 종이를 집어 새를 접었다. 그러고는 연못을 향해 종이로 만든 새를 날렸다. 종이새는 연못에 닿지 못하고 주차장에 곤두박질쳤다. 다시 종이새를 접어 날리자 이번에는 차 보닛에 떨어졌다. 세 번째 던졌을 때 종이새는 연못에 내려앉았다. 나는 방 안에 있는 신문지로도 종이새를 접어 날렸다. 연못에는 내가 날린 종이새 여러 마리가 수면 위를 떠다녔다.

새벽 세 시가 되자 쓰레기차가 중국인 교회 앞에 내놓은 쓰레기를 수거해 갔고 새벽 네 시에는 신문배달 아저씨가 신문을 놓고 갔다. 새벽 다섯 시에는 우유배달 청년이 신문 옆에 우유를 놓고 갔고 새벽 여섯 시에는 연못 속에서 뜬 해가 중국인 교회 건물 위로 솟아올랐다. 그때 공항버스가 중국인 교회 앞에 멈췄다. 공항버스를 타면 얼마 전 내가 떠나온 보스턴으로 돌아갈 수 있었다. 보스턴으로 돌아가면 시차에 시달리지 않고 잠을 잘 수 있었다.

애완견 장례식장에서 일하는 장에게 전화가 왔을 때는 아침 여덟 시였다. 부랴부랴 옷을 걸쳐 입고 주차장으로 내려가 차에 올라탔다. 영구차로 쓰는 세단이지만 차체에 애완견 장례식장을 알리는 이름이나 로고는 없었다. 장이 불러 준 주소는 강서구 신월동이었다. 장례식장으로 가지 않고 곧장 현장으로 출동했다. 밤새도록 오지 않던 잠이 일을 나가려고 운전대를 잡으면 밀려왔다.

잠 쫓는 약을 꺼내 먹고 장이 불러 준 빌라를 찾아갔다. 서부트럭터미널을 지나 한 시간을 가도 빌라는 나오지 않았다. 결국 길을 잃고 대로 주변에 있는 빌라 단지를 돌았다. 공항빌라, 금강빌라, 대명빌라 등등. 골목 안으로 들어갔지만 장이 불러 준 빌라는 보이지 않았다. 죽은 애완견을 수거하러 갈 때마다 매번 나는 길을 잃었다. 보스턴보다 이곳은 길이 복잡했고 집들은 다닥다닥 붙어 있어 찾기 어려웠다. 게다가 한국말도 알아들을 수 없는 단어가 많았고 영어만큼 말이 빨랐다. 장한테 전화를 걸어 주소지를 재확인하고 싶었지만 길을 잃었냐고 짜증낼 게 뻔해 그만두고 골목 주변을 꼼꼼히 살폈다. 골목을 세 번이나 헤매고 나서야 건물에 가려진 빌라를 찾아냈다. 빌라 계단을 타고 이 층으로 올라가 현관문을 두드렸다.

"장례식장 왔습니다."

아무래도 말을 잘못한 것 같아 다시 말했다. 장례식장에 왔습니다. 장례식장으로 왔습니다. 장례식장에서 왔습니다. 말을 수정하는 사이 삼십 대 후반으로 보이는 남자가 문을 열어 주었다. 문상온 사람처럼 애도를 표하고 남자를 따라 방으로 들어갔다. 방에는 몸무게가 팔 킬로그램 정도 되는 슈나우저가 눈을 뜬 채 죽어 있었다. 입은 벌어져 있었고 혀는 늘어져 있었다. 사타구니에는 고름이 터져 살갗이 찢어져 있다. 방 안에 고인 냄새는 고름 냄새였다. 슈나우저는 당뇨를 앓다 죽은 것이다. 사람한테 있는 병은 애완견에게도 있었다. 슈나우저의 눈을 감겨 주고 사체를 만져 보았다. 사후경직이 시작되어 사체는 빳빳했다. 이 정도면 죽은 지 열 시간이 넘은 상태다. 굽어진 채로 빳빳해진 뒷다리를 주물러 펴서 라면박스만 한 상자에 넣었다. 상자가 작아 주둥이가 모서리에 걸렸다. 남자가 안 보는 사이 주둥이를 눌렀다. 남자는 얼마나 울었는지 눈이 퉁퉁 부어 있었다.

"화장할 때 넣어 주세요."

남자가 건네준 것은 애완견 장난감인 엽기 닭 인형이었다. 나는 엽기 닭 인형과 슈나우저 사진을 상자에 넣었다. 조금 후 남자는 화장 비용 이십칠만 원과 수의인 종이옷 비용 이만 원을 장례식장 계좌로 입금했다. 입금 확인 후 남자에게 인사를 하고서 상자를 들고 나갔다. 무거웠다. 슈나우저는 보통 애완견보다 덩치가 컸지만 꼭 그것 때문은 아니었다. 죽은 애완견은 살아 있을 때보다 무게가 더 나갔다. 삶의 무게에 죽음의 무게가 더해진 탓이다. 나는 차 트렁크에 상자를 넣고 장례식장으로 차를 몰았다.

애완견 장례식장은 24시간 풀가동을 했다. 직원은 네 명으로 두 명씩 조를 짜서 이교대로 근무했다. 나는 아침 아홉 시에 근무하는 조였는데 장과 일했다. 장은 사체를 처리하는 화장을 맡았고 나는 죽은 애완견을 수거하는 일을 했다. 화장 업무는 한 달씩 돌아가면서 했다. 보스턴에서 살 때도 내 직업은 애완견 장례사였다. 이곳에서는 생소한 직업이지만 미국에서는 백 년 전부터 애완견 장례가 치러지고 있었다. 장례식장에서 일하게 된 것도 보스턴에서 일한 경력을 인정받았기 때문이었다.

장례식장에 도착하자마자 차 트렁크를 열고 엽기 닭 인형을 꺼내 소각장에 던졌다. 소각장에는 고객들이 준 애완견 장난감이 수북하게 쌓여 있었다. 이갈이 실타래, 애완견 유모차, 캐릭터 베개, 돼지 꿀꿀이 토이, 방울공 등등. 고객들은 화장할 때 장난감을 넣어 애완견의 마지막 길이 외롭지 않도록 해 달라고 했지만 그래봤자 유골에 고약한 냄새만 배였다. 저승 가는 길은 사람이나 동물이나 혼자 가는 것이었다. 인생은 혼자 왔다 혼자 가는 것임을 애완견 화장을 하면서 알았다.

나는 상자를 들고 장례식장 건물 안으로 들어갔다. 유리벽 너머로 두 개의 화구가 보였다. 유리벽 앞에 있는 제단에 상자를 놓았다. 사진은 스캐너로 확대해 영정 사진으로 끼워 넣고 상자에서 슈나우저를 꺼내 털을 빗겨 준 후 알코올로 고름이 터진 부분을 닦았다. 그리고 딱딱하게 굳은 슈나우저의 몸뚱어리에 종이옷을 입혔다. 종이옷은 싸게는 이만 원부터 최고 이십만 원까지 있었다. 물론 종이옷을 입히지 않고 화장을 하기도 했다. 종이옷을 입힌 슈나우저를 상자에 넣자 장이 상자를 들고 유리벽 안쪽으로 들어갔다. 장은 화구에 상자를 넣고 불을 댕겼다. 유리벽 틈 사이로 사체 타는 냄새가 새어 나왔다. 고기가 당겼다. 그런 마음을 누르기 위해 수의를 만드는 종이로 새를 접었다.

한 시간이 지나자 장이 뼈를 분골해 유골함에 담아 주었다. 나는 유골함과 종이새를 들고 장례식장 앞에 있는 수목장 묘지로 갔다. 수목장 묘지에는 추모목으로 쓰는 소나무가 심어져 있었다. 추모목에는 유골이 여기저기 뿌려져 있었다.

제일 가까운 추모목에 유골을 붓고 그 위에 조금 전 접은 종이새를 놓았다. 바람에 유골이 흩어지면서 종이새가 날아갔다. 한 마리는 옆에 있는 추모목으로 날아갔고 또 한 마리는 담장까지 날아갔다. 주둥이를 풀 속에 처박고 뒤꽁무니만 내놓은 종이새도 보였고 유골에 파묻힌 종이새도 보였고 하늘을 향해 두 다리를 벌리고 있는 종이새도 보였다. 날아간 종이새를 주워 제자리에 놓고 차에 오르는데 장에게 전화가 왔다. 장이 주소를 불러 준 여섯 곳은 모두 마포였다. 죽음도 한꺼번에 오는 것일까. 그나마 같이 죽음을 맞으면 덜 쓸쓸할 것 같았다.

장례식장 근처에 있는 식당에 들어가 늦은 점심을 먹고 마포로 갔다. 마포역 주변을 돌며 애완견 여섯 구를 수거하자 날이 어두워져 있었다. 여섯 구면 지금껏 하루 동안 수거한 건수 중에서 가장 많았다. 애완견이 좋아 시작한 일인데 이제는 애완견의 죽음을 기다리며 하루를 보내고 있다. 수거한 애완견이 여섯 구나 돼서 그런지 죽음의 냄새는 다른 날보다 고약했다. 죽은 애완견을 차 트렁크에 놓았는데도 내가 앉은 운전석까지 냄새가 진동했다.

애완견을 수거할 때마다 차 안에는 죽음의 냄새가 배였다. 그 냄새는 내 몸에도 배였다. 비누로 온몸을 빡빡 문질러도 냄새는 사라지지 않았다. 나는 냄새를 없애기 위해 차 문을 열고 여자에게 전화를 걸었다. 여자는 전화를 받지 않았다. 다시 장례식장으로 차를 몰았다. 하지만 영등포에서 또 길을 잃었다.

보스턴에서 이 일을 할 때도 자주 길을 잃었다. 태어난 곳이 미국이 아니라서 태생적으로 이해할 수 없는 영어 단어가 있었고 그 때문에 고객의 집을 찾지 못했다. 나는 왜 보스턴에 입양됐을까. 한국에 입양됐으면 길을 잃는 일은 없었을 텐데. 차창 위로 날아가는 비행기를 보며 한국을 떠올리다 차를 몰고 공항까지 갔다. 공항 앞에 주차를 하고 날아오르는 비행기를 바라보며 보스턴으로 오기 전의 기억을 더듬었다. 동네 한가운데에는 오래된 교회가 있고 주변에는 낮은 집들이 있었다. 잔잔한 호수와 호수 위에 떠 있는 종이새도 떠올랐다. 어머니의 얼굴도 떠올랐다. 어머니의 얼굴은 어느 땐 내 또래의 어린 여자의 얼굴이었고 어느 땐 늙은 여자의 얼굴이었다. 오래 전 기억을 더듬다 겨우 정신을 차리고 공항에서 나와 죽은 애완견을 화장하고 집으로 가면 양아버지는 내 몸에서 죽음의 냄새가 난다고 했다.

"네 몸에서 나는 냄새가 네 엄마를 죽인 거야. 그것도 모자라 이젠 나까지 잡아갈 거라고. 난 네 몸에서 나는 냄새가 싫어. 그러니까 네가 온 곳으로 돌아가."

양아버지가 욕을 퍼붓고 들어가고 나면 내 방으로 들어가 유튜브를 켜 놓고 한국말을 연습했다. 나는 양아버지가 싫어요. 아이 헤이트 마이 포스터 파더. 나는 한국 가고 싶어요. 아이 원트 고 투 코리아. 난 내가 태어난 곳으로 가고 싶어요. 내가 살았던 곳에는 교회가 있고 낡은 집들이 있고 호수가 있어요. 그 호수에는 종이새가 떠 있어요. 그때부터 나는 한국말을 더욱 열심히 배우면서 종이새를 접기 시작했다. 그리고 몇 달 뒤 욕을 퍼붓는 양아버지를 밀치고 공항으로 가서 한국행 비행기를 탔다.

나는 한 시간 동안 영등포를 헤매다 장례식장에 도착했다. 퇴근 시간이 훨씬 지난 후라 장은 집에 가고 없었다. 수거한 애완견 여섯 구를 밤 근무조에 넘겨주고 퇴근을 했다. 도로가 밀려 두 시간이나 걸려 원룸에 도착했다. 주차장에 차를 세우고 돌을 집어 연못에 던졌다. 돌에 맞은 종이새가 수면 아래로 가라앉았다. 종이새들이 죄다 수면 아래로 가라앉았을 때 전화가 왔다. 여자인 줄 알고 받았는데 양아버지였다.

양아버지는 내 친구인 톰과 올리버와 존의 소식을 전해 주었다. 지난달 결혼하기로 한 톰은 갑자기 다른 여자와 도망쳤고 나처럼 한국에서 입양된 올리버는 뉴욕으로 떠났다고 했다. 홍콩에서 입양된 존은 보스턴을 떠나 로스앤젤레스로 갔다고 했다. 장례식장에서 나와 조를 맞춰 일한 알렉스는 업종을 바꿔 정육점에서 일한다고 했다. 애완견을 화장한 손으로 고기를 다듬는 알렉스를 떠올리자 인상이 찌푸려졌다. 친구들 소식을 전해 주고 나서 양아버지는 보스턴으로 돌아오라고 말했다.

"시차 때문에 잠도 못 잔다며?"

"아직 참을 만해요. 사람들 생김새도 똑같고 옷차림도 똑같다는 게 편안함을 줘요. 또 이곳 사람들 친절해요. 언어도 잘 통하고 길을 잃지도 않아요. 보스턴보다 길 찾기 쉬워요."

양아버지는 욕을 내뱉고 거칠게 전화를 끊었다. 양아버지는 올해 여든네 살이었다. 나와는 무려 오십 살 넘게 나이 차이가 났다. 나이 차로 보면 아버지와 아들 관계가 아니라 할아버지와 손자 관계였다. 때문에 늘 양아버지를 아버지라고 생각하지 않고 미국인 할아버지쯤으로 생각했다.

또 뜬눈으로 밤을 새우고 아침을 맞이했다. 이곳의 사월 날씨는 보스턴의 사월 날씨만큼 변화무쌍했다. 따뜻하다가 싸늘했고 비가 내렸다. 지난주에는 보스턴처럼 사월의 눈이 내렸다. 나는 잠을 쫓는 약을 한 알 먹고 운전대를 잡았다. 그때 장에게 전화가 왔다. 출근 전에 업무 전화를 거는 장을 이해할 수 없었지만 나는 갓길에 차를 세우고 불러 준 주소를 받아 적었다. 서울시 구로구 궁동 1344번지…… 궁동 1344번지는 중국인 교회를 중심으로 보면 왼쪽에 있는 단독주택 단지였다. 내가 사는 원룸에서 보면 맞은편이었다. 차를 돌려 단독주택 골목으로 들어갔다. 골목 끝까지 들어가자 낡은 단독주택이 나왔다. 단독주택 앞에 차를 세우고 주소를 확인했다. 장이 불러 준 주소와 맞았다. 장례식장 왔습니다, 하고 열어 놓은 현관문 안으로 들어갔다.

주방 쪽에서 쭈그려 앉아 있던 여자가 뒤를 돌아보았다. 순간 당황했다. 여자였다. 여자도 당황했는지 벌떡 자리에서 일어났다. 방바닥에 흩어져 있던 하얀 새털이 공중으로 날아올랐다. 여기가 1344번지가 맞냐며 여자에게 물었다. 여자가 고개를 끄덕였다. 나는 여자에게 장례식장에서 일한다고 말했다.

"놀랬죠?"

"조금요."

"전화했었는데……."

"바빠서 못 받았어요."

"…… 죽은 애완견 어딨어요?"

"애완견이 아니고 새예요."

여자 뒤로 목이 축 늘어진 새가 보였다. 버거킹에서 여자를 만났을 때 검은색 원피스에 새털이 묻은 이유를 이제야 알았다. 방바닥은 물론이고 새장에도 새털이 하얗게 흩어져 있었다.

"같이 살던 중국인 남자가 키우던 새예요."

"중국인 남자요?"

"지금은 상하이에 가고 없어요."

여자는 죽은 새에 대해 언급하고는 즉석에서 화장 비용을 장례식장 계좌에 입금했다. 새의 종이옷은 없어 수의는 할 수 없었다. 나는 입금 확인을 한 후 죽은 새를 살펴보았다. 눈을 뜨고 죽은 새는 한쪽 날개에 칼에 찔린 자국이 있었다. 순간 여자와 눈이 마주쳤다. 여자가 먼저 시선을 피했다. 날개에 묻은 피를 닦고 새를 들어 안았는데 긴 목이 팔 아래로 늘어졌다. 죽은 지 얼마 되지 않아 사후경직이 일어나지 않은 상태였다. 늘어진 목을 잡아 상자에 넣는 사이 여자는 검은색 원피스로 갈아입고 나왔다.

"마지막 가는 길인데 혼자 가게 할 순 없잖아요."

여자는 상자에 넣은 새를 꺼내 품에 안고 나갔다. 뒷자리에 여자를 태우고 운전석에 앉았다. 한 손으로 운전대를 잡은 채 룸미러를 통해 틈틈이 여자를 쳐다보았다. 장례식장으로 가는 내내 여자는 죽은 아이를 품에 안은 것처럼 새를 끌어안았다. 장례식장까지의 거리가 얼마 남지 않았을 때 여자가 내 전화를 받지 못한 건 바빴기 때문이 아니라 새가 아팠기 때문이라고 했다. 나는 여자의 말이 믿기지 않았다. 새의 몸에 난 상처는 칼에 찔린 자국이었다. 여자가 거짓말을 하는 것 같았다. 그런데 죽은 새를 안고 있는 여자를 보니까 내가 잘못 생각할 수도 있다는 생각이 들었다.

밀려오는 잠을 참으려고 눈꺼풀을 꼬집고 차창을 조금 열었다. 그런데도 잠이 밀려와 라디오를 틀었다. 보스턴에서 듣던 팝송이 자장가처럼 흘러나왔다. 라디오를 끄고 속도를 냈다.

장례식장에 도착해 여자와 건물 안으로 들어갔다. 여자에게 새를 받아 유리벽 앞에 있는 제단에 놓았다. 곧바로 장은 상자에 담았다. 장은 나와 여자를 번갈아 바라보고는 곧장 상자를 들고 유리벽 안쪽으로 들어가 화구에 넣었다. 화구에 불길이 솟아오르자 여자가 울었다. 여자의 손을 잡아 주려다 멈칫하고 불이 타는 화구를 바라보았다. 장례식장에서 가장 많이 화장을 하는 것은 애완견이었다. 애완견이 화장의 육십 퍼센트를 차지했고 고양이가 삼십 퍼센트를 차지했다. 나머지는 햄스터, 이구아나, 고슴도치였다. 심지어 닭과 실험용 쥐도 있었다.

한 시간 만에 장이 건네준 유골함을 받아 건물 앞에 있는 수목장 묘지로 갔다. 추모목 앞에서 여자에게 새의 유골을 이곳에 뿌리면 된다고 말했다. 여자는 손에 유골을 묻히고 싶지 않다며 해 달라고 했다. 여자 대신 추모목에 유골을 뿌리고 종이새를 놓았다.

"이 종이새 저승까지 죽은 새 태우고 날아갑니다. 보스턴에서 일 할 때 언제나 유골 뿌린 곳에 종이새 놓아요."

바다 쪽에서 바람이 불어와 종이새가 날아올랐다. 바람을 타고 종이새는 수목장 묘지 끝까지 갔다. 여자는 한참 동안 종이새를 바라보았다. 나는 수목장 묘지를 나와 여자를 차에 태웠다. 여자에게 바다를 구경시켜 주기 위해 왔던 길로 가지 않고 반대편으로 갔다. 조금 가자 왼쪽으로 바다가 펼쳐졌다. 보스턴의 바다보다 탁했지만 어딘지 모르게 정감이 있었다. 퇴근할 때마다 이 길을 자주 이용하는 것도 이 때문이었다. 여자는 차창을 내리고 바람을 쐬었다. 나도 차창을 내리고 한 손을 내놓았다. 파도 소리가 들려왔다. 파도 소리는 조금씩 커졌다가 조금씩 작아졌다. 스르르 눈이 감기면서 운전대를 잡은 손이 풀렸다.

"조심해요."

날카로운 여자의 목소리에 급브레이크를 밟았다. 차는 앞으로 쏠리며 멈췄다. 운전대에 머리통이 처박혀 클랙슨이 울렸다.

"눈 뜨고 조는 새는 봤어도 눈 뜨고 조는 사람은 첨 봤어요."

여자가 말했다.

"시차 때문에 잠 못 잤습니다."

"시차 때문에요?"

"이곳 온 지 몇 달 됐는데 시차 적응 안 돼요."

시차로 인해 잠을 못 자는 날이 이어지면 시야가 부옇게 보여 눈이 내리는 것 같았다. 음식은 쉽게 적응했지만 시차는 적응이 되지 않았다. 시차에 적응하려고 술을 마시고 누우면 지금은 밤이 아니라 낮이라며 무언가가 등을 밀어 나를 일으켜 세웠다. 시차에 적응하려고 노력할수록 시차에서 멀어지는 기분이었다.

시차에 적응하지 못하는 밤이 계속될 때면 섹스를 하고 싶었다. 몸속에 있는 것을 죄다 쏟아 내면 시차를 잊고 깊은 잠을 잘 것 같았다. 그래서 채팅으로 여자를 만나 아무것도 묻지 않고 아무것도 따지지 않고 섹스를 했다. 하지만 몸속에 있는 것을 다 쏟아 내도 잠은 오지 않았다. 하룻밤이라도 시차를 잊고 자고 싶었지만 단 한 번도 시차를 잊고 잔 적이 없었다.

중국인 교회 앞에 차를 세우고 여자와 고깃집에 들어갔다. 함께 새의 장례를 치르고 나니 여자가 한층 가깝게 느껴졌다. 여자도 처음 만날 때보다 부쩍 말이 많아졌다. 나는 종업원이 갖다 준 잔에 소주를 따르고 여자의 잔에도 따라 주었다.

“화장하고 나면 고기 당겨요.”

소주를 한 잔 마시고 나는 말했다. 여자는 접시에 나온 고기를 집어 불판에 올려놓았다. 타다다닥, 타다다닥. 불판에서 고기가 타는 소리가 났다. 화구에서 애완견이 타는 소리와 비슷했지만 아무렇지 않게 불판에서 노릇노릇하게 구워지는 고기를 젓가락으로 집어 쌈장도 바르지 않고 먹었다. 고기는 맛이 좋았다. 맛이 얼마나 좋은지 익지 않은 고기도 집어 먹었다. 여자는 고기를 먹지 않고 소주만 마셨다.

“사람 장례를 치르고 온 것처럼 쓸쓸하네요.”

여자가 말했다.

“이것도 장례식이니까요. 애완동물의 장례식. 사람 장례식만큼 쓸쓸해요.”

“언제부터 이 일을 한 거예요?

“보스턴 살 때부터요.”

"애완동물을 좋아하나 봐요? 애완동물을 좋아하지 않고선 이런 일을 할 수 없잖아요?"

"어릴 적 내가 키우던 슈나우저 죽었을 때 이런 일 하겠다고 했어요. 어미에게 버려진 슈나우저였는데 처지가 나와 비슷해 좋아했죠. 슈나우저 몇 년 못 살고 아파서 죽었어요."

여자는 중국인 교회 앞에서 공항버스가 멈추자 시선을 돌렸다. 공항버스에서 남자 두 명이 내렸다. 여자는 캐리어를 끌고 중국인 교회로 들어가는 남자를 멍하니 바라보다 잔을 비웠다.

"중국인 남자가 상하이에 간 지는 벌써 다섯 달이 지났어요. 그런데 아내한테 잡혔는지 오지 않아요. 이 남자와는 이 집에서 일 년을 살았어요. 물론 결혼한 남자인 걸 알고 만났어요. 어차피 내가 상하이에 가서 이 사람 아내를 만날 일도 없고 이 사람 아내가 이곳으로 나를 찾아올 리도 없다고 생각했으니까요. 이 남자를 처음 본 곳은 중국인 교회예요. 찬송가 반주를 하러 갔다가 만나서 집에 데리고 왔죠. 이 남자가 키우는 새도요. 이 남자는 중국인 교회서 숙식을 해결했거든요."

여자는 작년 가을 중국인 남자가 살았던 상하이에 가 봤다고 했다. 상하이에서 가장 번화가인 신티엔디에서 중국옷을 입고 중국 여자처럼 거리를 돌아다녔다고 했다. 카페에 들어가 커피를 마시고, 음식점에 들어가서는 만두를 먹고, 백 년 된 건물이 즐비한 부티크 거리도 구경했다고 말했다. 그 부티크에서 중국인 남자는 여자에게 검은색 원피스와 검은색 구두와 검은색 가방을 사 줬다고 했다. 검은색은 중국인 남자의 취향이라고 했다. 중국인 남자는 언제나 여자에게 검은색 옷만 입혔다고 말했다. 여자는 중국인 남자와 상하이에서 보낸 시간이 자신의 인생에서 가장 아름다웠다고 했다.

"상하이에서는 여자가 돈을 벌고 남자가 살림을 해요. 물론 중국인 남자도 살림을 잘했어요. 나와 살면서 하루 하나씩 중국 음식을 만들어 줬죠. 중국 음식을 먹고 나면 사랑을 나눴어요. 그것도 한낮에."

나는 여자에게 한국 남자도 많은데 왜 중국인 남자를 좋아하냐고 물었다.

"한국 남자들은 나처럼 우중충한 여자를 좋아하지 않아요. 화려하고 예쁜 여자를 좋아하지. 반면 중국인 남자는 우중충한 나를 좋아해 줬어요. 고백하자면 이 남자를 기다리다 지쳐 당신을 만나러 간 거예요. 그리고 새는 내가 죽였어요. 이 남자가 돌아오지 않아 죽인 거예요.

고기는 시커멓게 타들어 갔다. 나는 시커멓게 탄 고기를 집어 먹었다. 타지 않은 고기는 여자 앞에 있는 접시에 놓아 주었다. 여자는 중국인 남자 이야기를 하면서 취해 갔다.

고깃집을 나와 원룸에 갔다. 원룸에 들어가자마자 여자는 검은색 원피스를 벗어 스탠드를 덮었다. 원피스 속처럼 방 안이 검게 변했다. 침대도 검어졌고 벽에 걸어 둔 옷도 검게 물들었다. 창밖의 중국인 교회도 검어졌고 연못에 떠 있는 하얀 종이새도 검게 변했다. 원피스를 벗은 여자의 몸도 검었다. 여자는 침대로 가서 엉덩이를 붙이고 앉더니 두 다리를 벌렸다. 나는 죽은 애완견을 다루듯 조심스럽게 여자의 다리 사이로 들어갔다. 여자의 몸속도 검은 색이었다. 그 깊고 어두운 곳에서는 비가 내리고 있었다. 검은 연못에 떠 있는 종이새는 비에 젖어 하나둘 가라앉고 있었다.

눈을 떴을 때는 아침이었다. 출근 시간이 지난 것도 놀라웠지만 그것보다는 이곳에 와서 처음으로 뜬눈으로 밤을 새우지 않고 잔 게 놀라웠다. 마침내 시차에 적응한 것 같아 여자를 끌어안았다. 오늘은 일을 나가지 않고 여자와 시간을 보내고 싶었다.

"비행기 구경 갈까요?"

"비행기 구경요?"

"공항버스 타고 공항 가서 날아가는 비행기 보는 거예요. 보스턴 살 때 그랬어요. 이곳에 와서도 일 없는 날 공항버스 타고 비행기 구경 갔어요."

공항버스를 타기 전에 햄버거를 먹기 위해 여자와 버거킹에 갔다. 보스턴에 있는 버거킹과 실내 분위기가 비슷해 자연스럽게 영어가 튀어나왔다. 투 베이컨 햄버거즈 플리즈, 투 코크스. 영어로 주문하자 점원은 나를 힐끔 쳐다보고는 아메리칸이냐고 물었다. 아메리칸이라고 해야 할지, 코리언이라고 해야 할지 헷갈렸다. 내가 주저하자 여자가 코리언이라고 말했다. 여자의 말에 힘입어 코리언이라고 말하자 점원이 햄버거와 콜라가 든 쟁반을 내밀었다.

나는 햄버거를 먹으며 인천공항으로 가는 공항버스를 기다렸다. 이곳에서 인천공항 가는 버스는 한 시간 간격으로 있었다. 햄버거를 먹고 났을 때 인천공항에서 온 버스가 중국인 교회 앞에 멈췄다. 공항버스에서 유행이 한창 지난 옷을 입은 남자가 양손에 캐리어를 끌고 내렸다. 남자는 제 몸만 한 캐리어를 끌고 중국인 교회로 들어갔다. 여자는 먹던 햄버거를 내려놓고 잠시만요, 하고 나갔다. 어디 가요? 내 말을 들었는지 못 들었는지 여자는 차가 다니는 도로를 가로질러 중국인 교회로 들어갔다. 한 무리의 중국인들이 나와 연못 앞에서 태극권을 하기 시작했다. 여자는 그들을 제치고 안으로 들어갔다. 나는 여자를 기다리며 태극권을 하는 중국인들을 바라보았다. 버거킹이 문을 닫을 때까지 여자는 오지 않았다. 중국인 교회 안으로 들어가려 했으나 철문이 굳게 닫혀 있었다.

"중국인 남자가 돌아왔어요."

하루 만에 원룸에 온 여자가 말했다. 어제 공항버스에서 내려 중국인 교회로 들어간 사람이 그 남자라고 했다. 여자는 지치고 피곤해 보였다. 입술은 말라 있었고 머리칼은 헝클어져 있었다. 눈은 죽은 새처럼 윤기가 빠져나가 텅 비어 보였다. 화장을 하지 않아 얼굴에 새겨진 주름은 더욱 깊어져 이제는 나보다 열 살은 많아 보였다. 처음 만났을 때의 묘한 매력은 사라지고 없었다. 검은색 옷에서 풍기던 성스러움도 사라지고 없었다. 하룻밤 사이 여자는 완전히 다른 여자가 되어 있었다.

"내일부턴 여기에 올 수 없어요. 중국인 남자는 내가 다른 남자를 만나는 줄 알면 날 죽일 거예요. 당신도요."

"그럼 나와 보스턴 가요."

나는 여자에게 액자 속에 있는 보스턴을 보여 주었다.

"보스턴 가고 싶다고 했잖아요?"

"난 보스턴보다 상하이가 좋아요."

여자가 말했다.

"상하이보다 보스턴 좋아요. 보스턴에 나 사는 집 있어요. 양아버지가 날마다 돌아오라고 전화해요. 보스턴에도 버거킹 있고 중국인 교회 있어요. 이 액자 봐요. 보스턴보다 멋진 곳 세상에 없어요."

"그렇게 멋진 곳이라면 왜 이곳에 온 거예요?"

보스턴은 미국에서 역사와 전통을 자랑하는 도시였다. 사람들도 친절했고 살기에도 좋았다. 시내에서 조금만 가면 바다도 나왔다. 그런데 내가 살았던 집은 액자 속에 있는 집들과는 아주 멀리 떨어져 있었다. 바다가 보이지 않았고 거대한 건물에 가로막혀 빛이 들어오지 않았다. 동네에는 백인들이 대부분이었는데 낮이나 밤이나 지나다니는 사람이 없어 수목장 묘지처럼 스산했다. 하지만 여자에게 어둡고 우울한 것은 빼고 좋은 것만 말했다. 없는 것을 있다고 말했고 모든 게 상하이나 이곳보다 낫다고 말했다.

"아무리 그래도 난 보스턴은 싫어요."

"살고 싶을 만큼 아름다운 곳이라고 했잖아요?"

"시차에 적응하며 살 자신 없어요. 당신이 이곳에 와서 시차에 적응하지 못하는 걸 보니까 나도 보스턴에 가면 시차 적응 못 할 것 같아요."

"나 시차 적응했어요."

"시차 적응은 무슨…… 잠 못 자서 얼굴이 누렇게 떴는데. 보스턴이 그렇게 좋으면 당신이나 가요. 당신은 보스턴에서 왔으니까요."

여자가 간 후 침대에 누웠다. 잠이 오지 않았다. 여자를 만나 시차에 적응한 줄 알았는데 아니었다. 침대에서 일어나 잠 쫓는 약을 봉지째 입 속에 털어 넣었다. 시야가 부예지면서 중국인 교회가 두 개로 보였다. 조금 있자 중국인 교회는 네 개로 보였다. 네 개가 여덟 개로 겹쳐졌고 여덟 개가 열여섯 개로 겹쳐졌다. 시차는 극복되지 않을 것 같았다. 영원히 나는 낮과 밤이 뒤바뀐 채로 살아야 것 같았다. 나는 중국인들처럼 방 안을 거꾸로 걸어 다니며 여자를 찾았다.

도마뱀과
라오커피

메콩강이 보이는 왓 루앙 사원에 도착했을 때 햇볕은 바늘처럼 날카로웠다. 햇볕을 피해 그늘진 담벼락에 자전거를 받치고 사원을 바라보았다. 사원은 커다란 바위 위에 세워져 있었는데 계단 양쪽으로 햇볕에 검게 탄 불상들이 죽은 나무처럼 서 있었다. 검은 불상 때문에 사원은 폐허의 냄새가 났다. 사원은 적막했다. 주황색 승복을 입은 승려도 보이지 않았고 너덜너덜한 옷차림을 하고 부처를 찾아다니는 파계승도 보이지 않았다.

6박 7일 여행 상품에 이 사원을 끼워 넣기 위해 나는 카메라를 꺼내 사진을 찍었다. 정면 사진을 두 컷 찍고 불상을 찍는데 같이 자전거를 타고 온 프랑스여자가 계단을 올라갔다. 땀에 젖은 치마가 몸에 달라붙어 그녀의 몸 윤곽이 드러났다. 햇볕에 타서 허물이 벗겨진 어깨 아래로는 속살이 비쳤다. 슬리퍼를 신은 그녀의 종아리를 무심코 바라보았다. 종아리에 군데군데 금빛 털이 보였다. 어딘지 모르게 상체와 하체가 어긋난 몸이었지만 나는 그 무언가에 이끌려 계단을 따라 올라갔다. 아홉 계단을 올라 사원 안으로 들어가자 목이 잘린 불상들이 보였다.

프랑스여자는 목이 잘린 불상의 목 위에 자신의 턱을 올려놓았다. 곱슬곱슬한 금발이 어깨로 흘러내려 남자 몸통을 가진 불상이 여자로 보였다. 창틈으로 내리쬐는 햇볕에 타 버릴 듯 금발이 반짝거렸다. 그녀는 눈을 찡그리다 불상의 목까지 올라온 도마뱀을 발견하고 손으로 툭 쳤다. 도마뱀은 미끄러져 그녀의 발가락에 떨어졌다. 굵은 발가락의 발톱마다 다른 색깔의 매니큐어가 칠해져 있었다.

프랑스여자가 손을 뻗어 잡으려고 하자 도마뱀은 종아리를 타고 치마 속으로 들어갔다. 그녀가 치마를 허벅지까지 들어 올리는 순간 나는 또 한 마리의 도마뱀을 보았다. 야릇한 기분에 휩싸여 그녀를 내버려 둔 채 사원 밖으로 뛰쳐나갔다. 나를 부르는 소리가 들렸지만 뒤를 돌아보지 않았다. 두 계단씩 뛰어 내려가 담벼락에 받쳐 놓은 자전거에 올라타고 게스트하우스를 향해 페달을 밟았다.

게스트하우스에 들어가자마자 카메라를 던져 놓고 침대에 누웠다. 아침에 내 손가락을 문 도마뱀은 천장 선풍기 날개에 달라붙어 있었다. 도마뱀에 물리면 일진이 사납다더니. 사실 아침부터 일진이 좋지 않았다. 호텔 관계자가 오늘 하기로 한 여행 상품 서명식을 연기한다고 전화한 것이다. 호텔 사장이 비엔티안에 가는 바람에 어쩔 수 없다고 했지만 서명식이 깨질지 모른다는 불길한 예감이 들었다.

6박 7일 여행 상품은 내가 일주일 전 이곳에 와서 심혈을 기울여 짠 것이었다. 이곳에 머무는 7일 동안 한 호텔만 사용하는 조건으로 숙박 비용을 싸게 계약했다. 호텔은 7일간 고정적으로 손님을 받을 수 있어 좋고 여행사는 그 조건으로 특가 상품을 출시할 수 있었다. 이번 상품의 테마는 힐링이었다. 사원을 중심으로 루앙프라방을 돌며 힐링을 하자는 상품이었다. 물론 루앙프라방의 대표적 관광지인 푸씨산과 꽝시폭포는 기본 일정에 포함되어 있었다. 특히 이 상품은 노팁, 노옵션을 채택해 고객들이 7일간의 가이드 경비인 70달러와 60달러에 달하는 옵션 비용을 낼 필요가 없었다. 따라서 고객들은 다른 여행사보다 130달러 싸게 루앙프라방에 갈 수 있었다. 한데 계약이 틀어지면 호텔을 다시 잡아야 했고 상품 가격도 높아질 확률이 컸다. 호텔 관계자에게 전화를 걸어 자세한 정황을 알아봐야 했지만 지금으로선 그럴 기분이 아니었다.

이 모든 게 도마뱀 때문이었다. 나는 도마뱀에게 살의를 느끼며 벽에 달린 선풍기 스위치를 올렸다. 달달거리며 선풍기 날개가 돌아가자 도마뱀은 위협을 감지하고 침대로 뛰어내렸다. 수건으로 내리쳤지만 도마뱀은 벽을 타고 올라가더니 창틀에 있는 다른 녀석의 등짝에 올라탔다. 창틀에서 교미하는 두 마리의 수컷 도마뱀을 바라보고 있는데 옆 룸에서 문소리가 났다. 슬쩍 문을 열어 보니 프랑스여자가 탔던 자전거가 보였다. 문을 닫고 침대에 앉아 메콩강을 바라보았다. 루앙프라방에 올 때마다 이 게스트하우스를 잡은 것은 메콩강 때문이었다. 창문 너머로 메콩강이 흘러가고 있었는데 그 강을 바라보고 있으면 아내와 다툰 밤들이 강물에 떠내려갔다.

내가 프랑스여자를 만난 곳은 일주일 전 와인 파티에서였다. 와인 파티는 게스트하우스에 머무는 사람들이 인사도 나누고 여행 정보도 교류하는 장이었다. 이 파티는 교수로 있다 퇴직한 게스트하우스 주인이 주최했다. 주인이 와인 파티 시간을 공지하면 게스트하우스에 머무는 사람들이 각자 준비한 와인과 바게트와 열대 과일을 들고 테라스에 모였다.

와인 파티에 처음 나갔을 때 테라스에는 여러 나라에서 온 사람들로 북적였다. 기다란 테이블에는 사람들이 가져온 음식이 즐비하게 놓여 있었다. 게스트하우스 주인에게 인사를 한 뒤 와인을 들고 옆 룸에 머무는 프랑스여자에게 다가가 영어로 소개를 했다. 한국에서 왔다고 하고 이름을 말하려는데 그녀가 와인 파티에서는 이름을 말하지 않는 게 규칙이라고 했다. 프랑스여자의 목소리는 허스키했다. 내가 바라보자 그녀는 입을 다물었다. 나는 허스키한 목소리가 섹시하다고 말해 주었다. 그녀는 마음을 놓은 듯 웃으며 자신은 프랑스에서 왔다고 했다. 따라서 나는 한국남자로 불렸고 여자는 프랑스여자로 불렸다. 내 소개가 끝나자 그녀가 자기소개를 했다. 그림을 그린다며 그녀는 스마트폰으로 자신이 이곳에 와서 그린 것을 보여 주었다. 사원에 앉아 기도를 하는 남자와 메콩강에서 목욕을 하는 남자, 테라스에서 혼자 와인을 마시는 남자. 그림 속에는 공통적으로 도마뱀이 들어앉아 있었다. 그녀의 그림은 어둡고 쓸쓸했다.

그녀는 이곳에 온 지 한 달이 넘었다고 했다. 여행자들이 라오스에서 무비자로 머물 수 있는 기간은 15일이었다. 더 머물고 싶을 땐 인근 나라인 태국에 들어갔다 오면 15일이 연장됐다. 그녀는 이런 식으로 두 번 태국에 갔다 왔다고 했다. 이곳에 프랑스 여행자가 많은 것은 한때 라오스가 프랑스의 식민 지배를 받았기 때문이었다.

프랑스여자와의 대화는 잘 통했다. 이야깃거리가 떨어진다 싶으면 간밤에 개막한 월드컵 이야기를 했다. 나와 달리 그녀는 축구를 좋아했다. 밤이 깊어지면서 사람들은 내일 일정이 있다며 하나둘씩 룸으로 돌아갔다. 새벽 한 시가 되었을 때 남은 사람은 우리밖에 없었다.

취기가 오른 나는 테이블을 빙 돌아 프랑스여자의 옆자리로 가서 이름을 물었다. 그녀는 미소를 지을 뿐 이름을 말하지 않았다. 아멜리인가요? 아니면 소피인가요? 아니면 자클린? 아니면 스텔라? 내가 아는 이름을 부를 때마다 그녀는 고개를 저었다.

"이름이 뭐가 중요해요?"

"이름을 알면 조금 더 가까워질 수 있잖아요."

"그럼 스텔라라고 불러 줘요. 아니면 소피? 아니면 자클린? 아니면 아멜리도 좋고요. 이름보다 어떤 생각을 가진 사람이냐가 중요한 것 아닌가요?"

"그렇긴 하지만 한국에서는 상대의 이름을 아는 게 중요해요."

"여긴 루앙프라방이잖아요. 이름 같은 건 필요 없는."

"그래도 난 당신의 이름을 알고 싶어요."

끝내 프랑스여자가 이름을 말하지 않고 룸으로 들어간 후 나는 손등에 있는 딱지를 긁었다. 서울에서는 멀쩡했는데 이곳에 오니 간지러웠다. 손톱으로 긁자 벌겋게 핏방울이 맺혔다. 아멜리도 아니고 소피도 아니고 자클린도 아니고 스텔라도 아니면 뭐지?

아내의 이름은 박하였다. 나이는 나보다 두 살이 적으니 올해 마흔여섯 살이다. 박하는 나와 서른여섯 살에 결혼해서 십 년을 살았다. 박하는 집에서 열일곱 살짜리 고등학생 남자아이 과외를 했다. 같은 아파트 단지에 살고, 같은 교회에 다니는 친구의 아이였다. 수학을 잘 가르친다는 소문이 나면서 과외를 해 달라는 사람이 많았지만 박하는 세 명 이상은 받지 않았다. 박하는 지금 기도원에 들어가 있었다. 마음이 심란하다며 가끔 다녀오던 곳인데 이번엔 나와의 결혼 생활이 더 이상 무의미하다며 간단한 옷만 챙겨 서울에서 두 시간 거리인 홍천의 산속 기도원으로 떠난 것이다.

"언제까지 우린 이렇게 살아야 하지?"

박하가 기도원에 자주 간다 싶던 어느 날이었다. 밑도 끝도 없는 말에 나는 저녁을 먹다 박하를 쳐다보았다. 과외하다 아이와 신경전을 했나 생각했는데 어딘지 모르게 박하는 달라져 있었다. 눈빛은 초연했고 화장을 하지 않아 눈썹 문신만 뚜렷했다.

"기도원에서 곰곰이 생각해 보니까 당신과 결혼해서 사는 동안 몸을 섞은 게 백 번도 안 되더라고."

어이가 없어 푸, 하고 씹던 밥알을 쏟아 냈다. 박하는 잠자리에 적극적인 여자가 아니었다. 그런 박하가 나와의 잠자리 횟수를 기억하고 있다는 게 놀라웠다.

"아이가 없는 것도 신의 뜻이겠지만……."

금세 박하는 죄를 지은 얼굴이 되었다. 폐경이 다가오면서 박하는 자주 불안하고 우울한 증세를 보였다. 이번에도 또 그런가 보다 하고 모른 척 밥을 먹었다. 박하는 계속 혼자 중얼거렸다.

"기도원에서 신이 왜 내게 아이를 주지 않았을까 생각했어. 바람 소리만 나는 밤에 신에게 지은 죄가 뭘까 생각한 거야. 그런데 죄를 지은 건 내가 아니야. 당신이지."

"기도원에 가서 생각한 게 겨우 그거야?"

박하가 나를 노려봤다.

"당신은 신혼 때를 제외하곤 나를 가까이하지 않았어. 마치 의무처럼 한 달에 한두 번씩 기습적으로 들어왔다 나갔지. 나도 처음엔 그런 게 섹스인 줄 알았어. 교회 여자들과 이야기하니까 그네들의 남편들도 그런다고 하더라고. 한데 당신은 그들과 달랐어. 어느 때부턴가 의무적으로도 들어오지 않았으니까. 그때마다 내가 왜 당신하고 살지, 라는 생각이 들었어. 나는 신이 준 의무를 다하려고 했는데…… 생육하고 번식하라고……."

더는 밥을 먹지 못하고 수저를 내려놓았다. 박하는 태연하게 수저와 밥그릇을 치우며 말했다.

"나는 신이 준 의무를 다하지 못한다는 생각에 늘 회개했어. 그런데 기도원에서 내가 죄인이 아니란 걸 알았어. 신이 소돔과 고모라를 불로 심판한 건 알고 있지? 불과 유황비로 남색(男色)의 도시를 싹 쓸어버린 거 말야. 신께서 당신의 죄를 용서하지 않을 거야. 그래서 이제 나는 당신과 살았던 내 몸을 정화할 거야."

그날 이후에도 박하는 기도원에 갔다. 전화를 하면 기도 중이라고 말하고 끊었다.

나는 생수를 한 병 마시고 룸 안을 서성였다. 그러다 옆 룸에서 무슨 소리가 나나 귀를 기울였다. 옆 룸에서는 여전히 아무 소리도 나지 않았다. 내가 게스트하우스에 들어온 날부터 하루도 빠지지 않고 와인 파티에 나간 것도 실은 프랑스여자에게 관심이 있어서였다. 푸씨산에 올라가 석양을 보고, 조마 베이커리를 서성인 것도 그녀가 그곳에 있을 것 같아서였다.

실제로 푸씨산에서 세 번이나 프랑스여자를 만났다. 두 번까지는 우연이라고 했지만 세 번이나 만나자 그녀가 먼저 말을 걸며 갈대로 만든 작은 케이지에 들어 있는 새를 보여 주었다. 푸씨산 정상에는 새를 파는 아이들이 있었는데 그 새가 사람들의 고통을 하늘 끝까지 가져간다고 했다. 한 아이에게 새 한 마리를 사서 그녀와 메콩강이 보이는 바위 쪽으로 갔다. 그곳에서 우리는 새를 날려 보냈다. 두 마리의 새가 그녀와 나의 고통을 아주 먼 곳으로 싣고 가길 바라며 보이지 않을 때까지 지켜보았다. 그녀가 갖고 있는 고통이 무엇인지 궁금했지만 묻지 않았고 그녀 역시 내가 갖고 있는 고통에 대해 묻지 않았다. 내려오는 길에 우리는 한국과 프랑스에 관한 이야기를 했고 가끔 내 프랑스어가 달린다 싶으면 영어를 써서 의사를 표현했다.

푸씨산에서 내려와 우리는 조마 베이커리로 가서 빵을 먹으며 사원과 음식에 대해 이야기를 했다. 여행지를 찾아다니면서 얻은 정보들을 내 지식인 양 떠들었다. 박하와 달리 그녀는 내 이야기를 조용히 들어 주었고 도중에 말을 자르지도 않았다. 이따금씩 나를 보며 웃어 주기도 했다. 빵 부스러기가 내 옷에 떨어졌을 때는 아무렇지 않게 손으로 털어 주었다.

그리고 우리는 메콩강가에 있는 레스토랑으로 가서 저녁을 먹었다. 그곳에서 한국 음식인 비빔밥과 프랑스 음식인 그라탕 도피

누아를 시켜 바꿔 먹고는 상대 나라 음식이 더 맛있다며 칭찬을 했다. 밤 시간이라 메콩강가는 연인들이 많았는데, 서로의 허리를 끌어안고 걸어가는 연인들을 바라보는 그녀의 얼굴은 어두웠다. 하지만 이내 그녀는 표정을 가다듬고 혼자 여행할 때 느끼는 외로움에 대해 이야기를 했다. 그녀는 밤에 침대에 누워 있으면 가장 먼저 떠오르는 것이 집이나 가족이 아니라 막연한 두려움이라고 말했다. 와인 파티에 참석하기 위해 우리는 같이 음식 값을 계산하고 레스토랑을 나와 게스트하우스로 갔다. 무슨 일인지 와인 파티는 일찍 끝나 있었다. 우리는 빈 테라스에 앉아 메콩강을 바라보다 각자의 룸으로 들어갔다.

동남아 여행 상품을 개발하러 다니다 보면 프랑스여자와 같은 여자들을 마주치곤 했다. 호텔 바에서 그런 여자들이 내게 눈길을 보냈다. 그럴 때마다 고개를 내저으면서도 슬쩍슬쩍 그녀들을 훔쳐보았다. 태국에서는 한 여자가 내 뺨에 입을 맞추고 손을 잡아끌며 호텔로 가자고 한 적도 있었다. 따라가지 않았지만 그 후 태국에 갈 때마다 그 여자를 만난 호텔 바에 갔다. 그러나 여자를 다시 만나진 못했다. 하지만 그런 여자들을 만날 때마다 혹시 그 여자인가 싶어 뒤를 돌아보았다.

프랑스여자가 들어온 지 한참이 흘렀는데도 옆 룸은 조용했다. 물소리도 나지 않았고 음악 소리도 나지 않았다. 여행자들이 대부분 외곽 투어를 나간 상태라 게스트하우스는 조용했다.

그때까지 두 마리의 도마뱀은 교미를 하고 있었다. 교미를 할수록 도마뱀은 녹색으로 변해 갔다. 몸 색깔이 녹색이라는 건 주변 환경에 위협을 느끼지 않는다는 신호였다. 교미하는 순간에는 사람이나 동물이나 쾌락을 찾아 몸도 마음도 들떠 있기 마련이었다. 그러나 내가 박하와 그런 쾌락에 몸과 마음이 들뜬 적이 있었던가. 아무리 돌이켜 봐도 그런 적이 없었다. 몸이 들뜨면 마음이 들뜨지 않았고 마음이 들뜨면 몸이 들뜨지 않아 번번이 밋밋한 관계를 하곤 했다.

나는 침대에 널브러진 수건을 집어 도마뱀에게 던졌다. 수건은 빗나갔다. 주변을 두리번거리다 카메라에 깔린 담뱃갑을 집어 던졌다. 담뱃갑에 맞은 녀석이 바닥에 떨어지자마자 꼬리를 잘라내고 도망갔다. 새끼손가락만 한 꼬리가 살아 있는 것처럼 꿈틀꿈틀거렸다. 멍하니 도마뱀 꼬리를 바라보는데 옆 룸에서 문소리가 났다. 다시 살짝 문을 열자 프랑스여자가 보였다. 그녀는 하얀 동백꽃처럼 생긴 리라와디꽃이 수놓아진 분홍색 치마를 입고 있었다. 땀에 젖은 바지를 갈아입고 도마뱀 꼬리를 피해 밖으로 나갔다. 그녀는 내일 프랑스로 돌아갈 예정이었다.

"왓 싸바이디 사원에 갈래요?"

프랑스여자가 나를 힐끗 쳐다보았다.

"그 사원의 라오커피를 마시지 못하고 가면 후회할 거예요. 그곳의 라오커피가 얼마나 달콤한지 마셔 보지 못한 사람은 몰라요.

커피는 내가 쏠게요. 그리고 아까는 미안했어요. 갑자기 나도 모르게 그만……."

프랑스여자는 나를 외면하고 밖으로 나갔다. 나는 폴짝폴짝 뛰어 룸 앞에 한 짝씩 떨어져 있는 슬리퍼를 꿰찼다. 빈 와인 병들을 치우고 있던 게스트하우스 주인이 나를 보고 우산을 챙겨가라고 했다. 며칠 전에도 우산을 갖고 가지 않아 비를 맞고 온 걸 본 것이다. 아열대 기후라 이곳은 하루에도 서너 번씩 비가 내렸다. 룸에 들어가 우산을 갖고 나오는 사이 그녀를 놓칠 것 같아 그대로 나갔다. 그녀는 여행자의 거리로 가고 있었다. 게스트하우스에서 십 분을 걸어가면 여행자의 거리였다. 유네스코가 지정한 세계문화유산 도시인 루앙프라방은 사원과 게스트하우스와 레스토랑이 여행자의 거리에 몰려 있었다.

여행자의 거리에는 몽족들이 나와 천막을 치고 좌판을 깔고 있었다. 몽족들이 만든 수제품에는 라오스인이 좋아하는 코끼리가 문양으로 새겨져 있었다. 코끼리 식탁보, 코끼리 지갑, 코끼리 양말, 코끼리 손수건, 코끼리 신발…… 박하에게 선물한 것과 똑같은 코끼리 신발도 진열되어 있었다. 코끼리 신발을 구경하는 척하며 일정한 간격을 두고 뒤따라갔다.

여행자를 상대로 호객 행위를 하던 뚝뚝(Tuk Tuk)기사들이 프랑스여자를 보고 뷰티풀을 외치더니 주변을 에워싸며 꽝시폭포에 가지 않겠냐고 물었다. 꽝시폭포는 에메랄드빛 물이 흐르는 폭포로 루앙프라방의 3대 명물 중의 하나였다. 프랑스여자는 두 팔을 펴 올리더니 꽝시폭포에는 갔다 왔다고 말했다. 그러나 뚝뚝기사들은 못 들은 척 계속 꽝시폭포에 가자고 외쳤다. 뚝뚝기사들이 말을 듣지 않아 내가 나서려는데 프랑스여자가 고함을 질렀다. 고함소리에 놀란 뚝뚝기사들은 그녀를 위아래로 훑어보고 한 사람씩 뒤로 물러나며 길을 터 주었다.

프랑스여자는 치맛자락을 나풀거리며 오토바이를 개조해 만든 뚝뚝이 사이로 걸어갔다. 그녀를 따라잡으려고 걸음을 빨리 했다. 그때 뚝뚝기사가 꽝시폭포에 가자며 앞을 막았다. 꽝시폭포에는 갔다 왔다고 했지만 뚝뚝기사는 막무가내였다.

"갔다 왔다고요. 내 말 못 알아들어요? 그리고 저기 가는 프랑스여자가 꽝시폭포에 갔다 왔다고 했는데 왜 못 들은 척한 겁니까? 여자라고 무시한 겁니까?"

"여자요?"

뚝뚝기사를 밀어내고 프랑스여자를 뒤따라갔다. 그녀는 사거리 한가운데 서서 어디로 가야 할지 모르는 사람처럼 두리번거리다 골목길로 들어갔다. 골목길 안쪽 만낍뷔페에서 몰려나온 단체 여행객들에게 가려 금발만 보였다. 금발만 보고 따라가 팔을 붙잡았다. 붙잡고 보니 금발만 같을 뿐 아니었다. 미안하다고 말하고 돌아서는데 남쪽 하늘에서 먹구름이 몰려왔다. 우산을 챙겨 가라는 게스트하우스 주인의 말을 듣지 않은 게 후회됐다. 이대로 가다가는 또 비를 맞고 들어갈 게 뻔해 게스트하우스로 발길을 돌렸지만 세 걸음을 떼기 전에 돌아섰다. 비를 흠뻑 맞는다 해도, 길을 가다 도마뱀에 물린다 해도 여자를 따라가고 싶었다. 이번만은 피하지 않고 이 느낌이 무엇인지, 이 느낌의 끝에 무엇이 있는지, 끝까지 가 보고 싶었다. 끝까지 가 보면 그곳에 무엇이 놓여 있을지 알 것 같았다.

라오스 마지막 왕조의 생활을 엿볼 수 있는 왕궁박물관을 지나자 카페가 이어졌다. 길 양쪽으로 카페가 줄지어 있었는데 세계 각지에서 온 사람들이 의자에 앉아 커피를 마시며 더위를 식히고 있었다. 구석진 곳에서 머리를 처박고 마리화나를 피우는 남자도 있었다. 카페마다 들어가 사람들을 훑었지만 프랑스여자는 보이지 않았다. 건너편 카페에도 없었다. 카페를 나와 사원 골목으로 들어갔다. 그 골목에 그녀가 있었다. 그녀는 왓 마이 사원으로 들어가고 있었다. 같이 가자고 부르려는데 이름을 알지 못해 프랑스여자, 프랑스여자, 하고 불렀다. 그녀가 걸음을 멈추고 뒤를 돌아보았다.

"이름을 몰라서 그랬어요."

그녀는 피식 웃고는 언제까지 따라올 거냐고 물었다. 게스트하우스를 나서면서 내가 따라오고 있다는 걸 안 것이다. 그녀는 내 대답은 듣지 않고 사원을 돌았다. 좀 전과 달리 걸음은 느렸다. 조금씩 거리를 좁힌 나는 또다시 라오커피를 마시러 가자며 선착장을 가리켰다. 왓 싸바이디 사원에 가려면 배를 타야 했다. 그런데 그녀는 선착장과 반대 방향으로 갔다. 그쪽 방향이 아니라고 외치자 방향을 돌렸다. 그녀의 뒤를 따라가며 이름이 뭘까 하고 하나씩 읊조렸다. 아멜리, 소피, 비비엔느, 스텔라, 지젤, 자클린…….

"자크?"

프랑스여자가 문득 뒤를 돌아보았다.

선착장에서 우리는 왓 싸바이디 사원으로 가는 배를 기다렸다. 사원으로 가는 배는 한 시간 간격으로 있었다. 남쪽 하늘에 낀 먹구름은 점점 우리가 있는 쪽으로 올라오고 있었고 그 반대쪽에서는 우리가 타려는 배가 메콩강을 거슬러 올라오고 있었다.

배가 선착장에 닿자 사람들이 내렸다. 사람들이 내린 후 배를 기다리고 있던 사람들이 우르르 올라탔다. 사람들이 타고 난 뒤 우리는 배에 올랐다. 그때 뒤에서 누군가 내 이름을 불렀다. 가이드로 일하는 타페앙이었다.

"싸바이디."

타페앙은 라오스말로 안녕하세요, 하고 인사를 했다. 나도 싸바이디, 하고는 손을 내밀어 악수를 했다. 타페앙은 스물여덟 살로 이곳에서 태어나 프랑스로 유학을 갔다 온 엘리트였다. 처음 내가 루앙프라방 여행 상품을 짜려고 이곳에 왔을 때 만난 가이드가 타페앙이었다. 타페앙은 내가 일하는 여행사에서 일을 하다가 지금은 유럽인을 상대로 개인 가이드를 했다. 이곳에 올 때마다 만났지만 이번에는 그녀와 시간을 보내느라 연락을 못 했다.

배는 경적을 울리며 메콩강을 따라 내려갔다. 선상은 한국인들로 북적였다. 여행자의 오분의 일이 한국인이었다. 이곳에 올 때 같은 비행기를 타고 온 사람도 눈에 띄었다. 요즘 한국인들 사이에서 루앙프라방은 떠오르는 여행지였다. 타페앙이 배에 타서도 내 옆에 들러붙어 조잘대자 프랑스여자는 자리를 피해 선상 앞쪽으로 갔다.

"누구예요?"

타페앙이 옆구리를 툭 치며 물었다.

"가이드 하면서 저렇게 아름다운 금발은 처음 봤어요."

"아름답긴 하지. 네 방 벽에 걸어 둘 만큼."

타페앙의 취미는 세계 각국의 미녀 사진을 모으는 것이었다. 타페앙의 방에는 수영복을 입은 여자들이 사방으로 빼곡히 붙어 있었다. 타페앙은 금발의 여자를 좋아했다. 여자를 만날 때 늘 금발을 보고 접근을 했고 원나잇을 했다. 특이한 것은 원나잇을 할 때 이름을 묻지 않았다. 이름을 물어야 하는 순간이 오면 그것은 원나잇이 아니라 본격적으로 여자를 사귀는 신호탄이라고 했다. 타페앙은 의미심장한 미소를 지으며 그녀의 이름을 물었다. 나는 아직 이름을 알지 못한다며 프랑스여자에게 갔다. 선상 난간에 있던 그녀가 내게 물었다.

"당신은 나와 같은 사람인가요?"

나는 대답하지 못하고 손등에 난 딱지를 긁으며 메콩강을 바라보았다. 색깔이 탁한 황토물이라 물속은 내 깊은 마음속처럼 보이지 않았다.

"내가 사원을 뛰쳐나온 건 당신의 몸에서 또 한 마리의 도마뱀을 봤기 때문이에요. 처음 봤을 때부터 당신이 어떤 사람이란 걸 알았으면서, 그래서 당신을 쫓아다닌 건데 갑자기 나를 인정하고 싶지 않았던 거죠. 내 안에도 도마뱀이 숨어 살고 있다는 걸 부정하고 싶었던 거죠."

프랑스여자는 고개를 끄덕이고 자신의 이야기를 꺼냈다.

"난 프랑스에 가족이 있어요. 프랑스에서 난 아이들이 있는 평범한 가장으로 살아요. 하지만 이곳에 와서는 여자로 살죠. 그래서 난 프랑스보다 여기가 좋아요. 나의 본 모습을 드러낼 수 있는 이곳이요. 당신처럼 다가와 주는 사람이 있으니 숨이 쉬어져요."

그날도 박하는 거실 탁자에서 열일곱 살짜리 남자아이를 과외하고 있었다. 아이는 박하의 말이 지겨운지 하품을 했다. 몇 달 사이 아이는 몰라보게 성숙해 보였다. 더 하얘진 피부와 반짝거리는 눈과 펌으로 컬을 넣은 머리와 하얀 종아리까지. 종아리에서 시선을 떼지 못하고 욕실로 가다 방향을 돌려 아이 앞을 지나갔다.

"예쁘게 생겼네."

나는 아이의 어깨를 쓸어 만졌다. 그 순간 박하가 나를 쳐다보았다. 박하의 눈빛이 파르르 떨렸다. 그 눈빛에는 쓸쓸함과 나에 대한 증오가 배어 있었다. 금방이라도 박하의 눈에서 눈물이 흘러내릴 것 같았다. 박하는 눈물을 참으려고 손에 쥐고 있던 볼펜 끝을 깨물었다. 박하의 시선을 무시하고 욕실로 들어갔다. 씻고 나왔을 때 아이는 가고 없었고 박하도 보이지 않았다.

그 밤에 박하는 베란다에 나가 누군가와 통화를 했다. 니 애가 이상한 거 아냐? 우리 남편은 그럴 사람이 아냐. 귀여워서 어깨 한 번 쓰다듬은 게 뭐가 이상하다고? 뭐? 눈빛? 그 눈빛이 뭐가 어땠길래? 박하는 상대방에게 화를 내다 다시 설득을 하고 있었다. 전화를 끊고 들어와 박하는 나를 밀치고 방으로 들어갔다. 그날 아이는 과외를 그만두었다. 박하는 일요일이 와도 교회에 가지 않았고 온종일 침대에 드러누워 일어나지 않았다. 며칠 후 아파트에선 내가 아이를 만졌다는 소문이 퍼졌다. 그로 인해 다른 두 명의 아이도 과외를 그만두었다.

아이가 과외를 그만둔 후 알 수 없는 무력감에 빠졌다. 그래서 아이가 앉았던 자리에 앉아 아이가 책을 펴 놓았던 탁자를 쓸어 만졌다. 탁자 아래에는 박하가 깨물어 찌그러진 볼펜이 놓여 있었다. 볼펜을 주워 버리려는데 아이가 물어뜯은 지우개가 눈에 들어왔다. 아이의 이빨 자국이 난 지우개를 입에 물고 있는데 생선을 사 들고 온 박하가 나를 바라보았다.

"나는 신의 뜻에 따라 살았어. 흰머리가 나기 시작하는 사십 대

중반이 넘어서야 내 죄를 깨달았지. 실은 나도 신을 속이고 살았던 거야. 나는 내가 당신을 정상으로 바꿔 놓을 줄 알았어. 그게 내 사명이라고 생각했으니까. 하지만 이제 알겠어. 당신은 나와 다른 사람이란 걸."

박하는 입꼬리를 올리고 쓴웃음을 지으며 주방으로 가서 비닐봉지에 든 생선을 꺼내 칼로 다듬었다. 나는 지우개를 뱉어 내고 박하에게 가서 절대 그건 아니라며 팔을 잡고 흔들었다. 그 바람에 날카로운 칼끝에 손등을 깊숙이 찔렸다.

"저기 좀 봐요."

나는 프랑스여자가 가리킨 곳을 바라보았다. 먹구름이 아까보다 빠른 속도로 몰려오고 있었다. 먹구름에도 아랑곳없이 타페앙은 백인 부부에게 왓 싸바이디 사원의 내력에 대해 이야기를 해 주고 있었다. 선상 구석에 있는 백인 남자는 배에 탈 때부터 동양인 여자의 귀에 무슨 말을 속삭이며 연거푸 웃었다. 웃을 때마다 백인 남자는 뒤에서 여자를 끌어안은 채 귀를 깨물었다. 동양인 여자도 싫지 않은지 화답하듯 백인 남자의 귀를 깨물었다.

배는 한 시간 만에 왓 싸바이디 사원 선착장에 닿았다. 백인 부부를 데리고 나가는 타페앙의 뒤를 따라 우리는 배에서 내렸다. 선착장에서 사원까지 일직선으로 길이 나 있었는데 길 양쪽으로는 리라와디 꽃나무가 심어져 있었다. 사람들이 가이드를 따라 앞서

간 후 우리는 리라와디 꽃나무 아래를 걸어갔다. 중간쯤 가다 그녀는 떨어진 꽃을 주워 귀에 꽂았다. 내가 웃자 그녀는 반대편 귀에도 꽃을 꽂았다. 이마 밑으로 삐져나온 가발 망이 살짝 비쳤다. 그녀는 몸을 틀어 가발을 좌우로 만져 망이 비치지 않게 했다.

사원의 외관을 둘러보고 안으로 들어가자 마당 한가운데 우산을 받고 서 있는 불상이 눈에 들어왔다. 우산 때문에 불상은 햇볕에 검게 타지 않아 금색을 띠고 있었다. 목이 잘린 불상도 아니었다. 형체가 뚜렷해 이제껏 본 것 중에서 가장 온전한 미소를 띤 불상이었다.

"우산을 쓴 불상은 처음 봐요."

그녀가 말했다.

"이곳에서만 볼 수 있는 풍경이죠. 햇볕이 뜨겁고 비가 자주 내리다 보니 불상에 우산을 씌워 준 거죠. 햇볕도 피하고 비도 피하고."

그녀는 오른쪽 귀에 꽂은 꽃을 떼어 불상의 귀에 꽂아 주고 손으로 우산을 툭, 쳤다. 옆으로 우산이 쓰러졌다. 나는 우산을 바로 세우고 라오커피를 파는 곳으로 갔다. 라오커피를 파는 노인은 자리에 없었다. 어린 승려가 와서 오늘은 노인이 아파서 커피를 팔 수 없다고 했다. 그녀는 원두 볶는 솥단지를 쓸어 만지더니 내게 라오커피의 맛을 설명해 달라고 했다.

"노인은 이 솥단지에 말린 원두를 볶아 커피를 내렸어요. 그 커피를 연유와 섞은 다음 얼음을 넣어 투명한 비닐봉지에 붓고 빨대를 꽂은 후 냄새가 빠지지 않도록 노란 고무줄로 주둥이를 묶었죠. 그러고 나서 커피와 연유와 얼음이 섞이도록 흔들어 줬어요. 그것을 받아 빨대를 빨면 사카린처럼 진한 단맛이 입 안에 퍼지는데 그 맛이 죽여 주죠. 호기심에 마리화나를 피웠을 때처럼 몽롱해진달까. 0.01초만에 황홀한 단맛을 느끼는 거죠."

프랑스여자는 솥단지에 원두를 뿌리는 시늉을 하고 주걱으로 휘저으며 내가 한 말을 손짓으로 흉내 냈다. 볶은 원두를 꺼내 그녀는 통에 찧어 커피를 내린 후 투명한 비닐봉지에 담고 그 안에 연유와 얼음을 넣는 시늉까지 했다. 그리고 내게 투명한 비닐봉지를 건넸다.

"마셔 봐요."

투명한 비닐봉지를 받는 시늉을 하고 그것을 입가에 대고 코로 냄새를 맡고는 빨대를 빨듯 입으로 쭉 빨았다. 고통을 잊게 해 줄 정도로 황홀한 단맛이라고 하자 그녀도 투명한 비닐봉지를 입가에 갖다 댔다. 정말, 맛이 황홀하네요. 어린 승려가 우리의 행동을 보며 까르르거렸다. 그녀가 왼쪽 귀에 꽂은 꽃을 뽑아 귀에 꽂아 주자 어린 승려는 까르르 웃으며 갔다.

"그림을 그리다 지치면 이런 시늉을 하죠. 프랑스에서 나 같은 사람들은 자유로울 거라고 막연하게 생각하죠. 하지만 보수적인 크리스천 마을에서 가장이 여장을 했을 때, 주변 사람들이 나를 대하는 방식은 가짜 커피를 마시는 척하는 것과 같아요. 그들은 내게 가짜 미소를 지으며 전과 같이 대한다고 하지만 그렇지 않아요. 미소를 지으면서도 마음속에서는 거리를 두죠. 내가 더 이상 다가오지 못하도록. 가족들조차 마음의 거리를 둘 때의 외로움은 말로 표현 못 해요."

사원을 구경하고 밖으로 나가자 먹구름이 선착장까지 몰려와 있었다. 비가 올 거라는 걸 감지한 도마뱀들이 리라와디 꽃나무로 기어올라가 메콩강으로 뛰어들었다.

"천 년 전 이 사원에는 몸을 변신하는 도마뱀이 살았대요. 도마뱀은 기분이 좋으면 새로 변신하고 고양이로 변신하고 원숭이로 변신했대요. 그러던 어느 날 도마뱀은 원숭이로 변신해 사원을 돌아다녔어요. 그러다 화려한 옷을 입고 사원에 온 남자를 보고 반했죠. 남자는 원숭이에게 눈길을 주지 않고 기도가 끝나자 사원을 나갔어요. 그날부터 도마뱀은 날마다 남자를 기다렸죠. 남자가 오면 원숭이로 변신해 후다닥 달려가 관심을 보였지만 남자는 관심을 보이지 않았어요. 도마뱀은 여자가 되기로 결심하고 변신을 시도했어요. 여자가 되면 자신을 봐줄 거라 생각한 거죠."

"그래서 여자가 됐나요?"

"아뇨. 맑은 하늘에서 갑자기 쏟아진 비를 맞고 도마뱀은 여자가 아닌 남자가 됐어요. 도마뱀은 남자에게 달려가 사랑 고백을 했죠. 남자는 자신과 똑같은 남자가 하는 사랑 고백을 거절했어요.

좌절한 도마뱀은 남자를 품에 안고 메콩강에 뛰어들었죠. 현실에서 좌절된 사랑을 죽어서라도 이루고 싶었던 거죠. 그래서 이곳 도마뱀들은 비가 오면 리라와디 꽃나무로 올라가 강물로 뛰어들어요. 사실 난 여기서만 여자이고, 여기에서만 그림을 그리죠. 그래서 나는 늘 신에게 죄를 짓고 있다는 생각을 해요."

나는 잠시 밀려오는 먹구름을 바라보았다.

"난 목이 잘린 불상을 볼 때마다 그 얼굴이 어디 있을까 떠올렸어요. 그 얼굴을 찾아 얼굴을 숨기고 거리를 배회하는 불상의 모습도 떠올렸고요. 어쩌면 목이 없는 불상들은 나인지도 몰라요. 나 역시 당신 같은 여자를 찾아 얼굴을 숨기고 이곳을 돌아다녔으니까요. 물론 어느 밤에 그런 유혹을 참지 못하고 그녀의 집까지 따라간 적도 있고요. 하지만 난 늘 막판에 돌아왔어요. 그럴 때마다 메콩강가에 멍하니 앉아 있었죠. 흘러가는 강물을 보면서 나는 어디에서 와서 어디로 가고 있을까 생각했어요. 얼마나 많은 강물을 흘려보내야 진짜 나를 볼 수 있는지…… 얼마나 많은 새를 날려 보내야 고통이 사라지는지……."

먹구름은 선착장을 덮고 우리에게 다가왔다. 어두컴컴한 밤 같은 오후. 프랑스여자의 몸의 반쪽이 먹구름에 덮여 갔다. 한 발자국 거리에 있는 그녀가 서 있는 쪽은 어두웠고 내가 서 있는 쪽은 밝았다. 밤과 낮이 공존하는 것 같은 공간에 우리는 밤과 낮처럼 서 있었다. 먹구름은 내 머리까지 덮치고 지나가면서 비를 뿌렸다.

"왜 비를 맞고 있어요?"

언제 왔는지 타페앙이 나와 프랑스여자 사이로 끼어들어 양쪽 손을 잡고 사원으로 끌고 갔다. 사원 안으로 들어가자 타페앙은 불상이 받고 있는 우산을 떼어 우리를 받쳐 주었다. 우산 밖으로 나온 그녀의 어깨를 내 쪽으로 끌어당겼다. 타페앙은 사원에서 여행자들을 위해 마련한 방으로 우리를 안내했다. 백인 부부에게는 삼십 분간 사원을 둘러볼 자유 시간을 줬다고 했다. 타페앙은 사원 왼편으로 가더니 이곳 승려가 입는 주황색 승복 두 벌을 가져와 우리에게 하나씩 건네주었다.

"들어가 이 옷으로 갈아입어요."

"배 떠날 시간이 다 됐는데."

"이렇게 비가 많이 오면 두세 시간은 뜨지 않아요. 이거 입고 젖은 옷 좀 말려요."

타페앙은 우리를 방 안으로 밀어 넣고 내게 준 우산을 가져가 불상에 씌워 주었다. 프랑스여자는 옷을 갈아입을 생각도 않고 창가로 갔다. 비는 더욱 세차게 내렸다. 순식간에 강물이 차올라 강기슭에 있는 리라와디 꽃나무를 휩쓸고 지나갔다. 쩍, 하는 소리와 함께 나무가 쓰러지면서 하얀 꽃들이 우수수 떨어져 수면에 둥둥 떠내려갔다. 떠내려가는 꽃들 사이로 무언가가 팔딱팔딱 뛰어올랐다. 도마뱀이었다. 도마뱀들이 수면 위로 뛰어오르며 나뭇가지에 올라탔지만 얼마 못 가 강물에 떠내려갔다.

이제껏 나는 프랑스여자처럼 주변의 시선이 두려워 다른 사람들과 있을 때면 가짜 커피를 마시는 척했다. 여행지를 떠돌면서 밤이면 무언가를 찾아다닌 것도 내 안에 숨어 사는 도마뱀 때문이었다. 어쩌면 나는 하루에도 몇 번씩 도마뱀처럼 색깔을 바꾸고 살았는지도 몰랐다. 하지만 정말로 내가 도마뱀 같은, 그런 사람일까. 나는 저쪽이 아니라 이쪽이 아닐까. 떠내려가는 도마뱀을 보며 나는 왜 이렇게 살아왔을까, 라는 후회를 하며 그녀의 뒤로 다가갔다.

"이름이 뭐예요?"

오래된
크리스마스

고만고만한 단층집들 사이로 성당 첨탑이 서 있었다. 삼각형 모양으로 생긴 첨탑은 하늘을 찌를 듯 높이 솟아 있어 읍내 어디서든 보였다. 열 시가 되어 성당 첨탑에 걸린 종이 뎅그렁 뎅그렁, 울리자 성탄 미사에 가는 사람들의 발걸음이 빨라졌다.

은석은 종종걸음을 치는 사람들 속에서 카타리나를 찾았다. 미사 시간이 다 됐는데도 카타리나는 보이지 않았다. 은석은 더는 카타리나를 기다리지 못하고 맞선 장소인 읍내 아래쪽으로 차를 몰았다. 막걸리 양조장, 장시계점, 진안 인삼점, 태극당, 동아서점, 농협, 레스토랑…… 눈을 감고도 어디에 무슨 가게가 있고 어디에 무슨 건물이 있는지 훤했던 풍경이 카타리나와 헤어진 후부터 낯설게 보였다. 현금을 인출하려고 농협을 찾다 반대편에 있는 군청으로 갔고 군청을 찾다가는 농협으로 간 적도 있었다.

길을 한 번 잘못 든 다음에야 은석은 어머니가 일러 준 쌍다리

다방을 찾았다. 다방은 농협이 아니라 군청 앞에 있었다. 차 키를 뽑아 주머니에 넣고 은석은 다방 창가에 앉아 있는 여자를 바라보았다. 어머니에게 크리스마스 선물을 한 셈 치고 나왔지만 마음이 어수선했다. 아침에 일회용 면도기를 사러 집 앞에 있는 슈퍼에 갔다 카타리나를 보지 않았다면 마음이 한결 가벼웠을까. 은석은 면도하다 베인 턱을 쓸어 만지며 약속 시간을 십 분 넘겨 다방에 들어갔다. 여자에게 미안하다고 말하고 커피를 주문했다.

"말씀 많이 들었어요. 어머니한테."

여자의 말에 은석은 씁쓸하게 웃었다. 어머니는 있는 이야기는 물론, 없는 이야기까지 꺼내 아들 자랑을 늘어놓았을 것이다. 간밤 어머니가 슬그머니 사진을 내밀었을 때 은석은 당황했다. 놀랄 것 없다. 그만하면 얼굴도 반반하고 직업도 괜찮더구나. 이젠 네 나이도 생각해야지. 크리스마스가 지나면 너도 마흔이야. 맞선 이야기에 분위기가 냉랭해지자 제수씨가 화제를 돌렸으나 어머니는 듣지 않았다. 카타리나 때문에 시뻘건 청춘을 다 보낼 거냐. 어머니는 기어이 카타리나 이야기를 꺼내고는 얼굴을 구겼다. 그만할 때도 됐건만. 그만 잊을 때도 됐건만. 하지만 카타리나를 잊지 못하는 건 어머니가 아니라 은석이었다.

은석은 본다, 안 본다, 대꾸를 하지 않고 밥을 먹었다. 한 번 만나 봐. 어머니에게 크리스마스 선물하는 셈 치면 되잖아. 묵묵히 밥을 먹던 동생이 한마디 거들자 의기양양해진 어머니는 형하고 동생이 바뀌었다며 푸념했다. 은석이 못마땅할 때마다 하는 말이었다. 은석도 종종 그런 생각을 했다. 동생이 형으로 태어났더라면. 동생은 키가 크고 여자에게 인기도 많았다. 내성적인 은석과 달리 외향적인 데다 붙임성까지 좋아 먼저 결혼을 했다. 은석은 동생의 말을 들은 뒤에야 크리스마스 선물을 사 오지 않은 걸 깨닫고 식탁에 놓인 사진을 챙겨 일어났다. 내일 아침 열 시 쌍다리 다방이다. 성탄 미사는 안 가도 되니 늦지 말거라. 신부님도 이해하실 게다. 어머니는 신부님까지 끌어들여 자신의 말을 합리화했다.

"읍내가 조용하네요."

"크, 크리스마스라 그런가 봅니다."

"하긴요. 크리스마스 아침에 맞선을 보는 사람은 우리밖에 없을 거예요."

다방은 조용했다. 은석과 여자를 제외하면 다방에는 화장 안 한 얼굴로 커피를 끓이는 여주인밖에 없었다. 은석은 한 손에 바구니를 들고 다방 건너편 목욕탕으로 들어가는 두 남자아이를 바라보았다. 일요일 아침에 흔히 볼 수 있는 읍내 풍경이었다. 어릴 적 은석은 일요일마다 어머니가 챙겨 준 목욕 바구니를 들고 동생과 목욕탕에 갔다. 남자 목욕탕은 이 층에 있었는데 욕탕 안에 들어가면 창밖 풍경이 한눈에 들어왔다. 고만고만한 단층집과 집집마다 심어 놓은 감나무와 하늘을 찌를 듯한 성당의 첨탑. 욕탕에서 바라보는 성당 첨탑이 아름다워 동생 모르게 목욕탕에 간 적도 많았다.

욕탕 안에서 첨탑을 보며 은석은 크면 어떤 여자와 결혼할까, 라는 생각을 하곤 했다.

은석은 다방에서 흘러나오는 캐럴을 들으며 다시금 첨탑을 바라보았다. 크리스마스에 맞선을 볼 줄 알았다면 집에 내려오지 않았을 것이다. 크리스마스에는 온 가족이 성탄 미사에 가곤 했다. 어머니는 추석이나 설날보다 크리스마스를 더 큰 명절로 여겼다. 그 무렵이 되면 어머니는 아침저녁으로 전화를 걸었다. 다른 약속은 잡지 말라는 일종의 압력이었다. 그래서 성탄 즈음이면 어머니의 성화에 못 이겨 매번 집에 내려왔다. 이번에는 새로 부임한 신부님과 맞는 축일이니 온 가족이 참석해야 한다고 몇 번을 강조한 터였다.

그런 어머니가 성탄 미사 시간에 맞춰 맞선을 잡아 놓은 건 카타리나 때문이었다. 결혼 후 명절날에도 오지 않는 카타리나가 크리스마스에는 온다는 걸 안 것이다. 말하자면 성탄 미사에 갔다 카타리나를 만날까 봐 미리 차단을 시킨 것이었다. 어머니는 동생과 제수씨에게 카타리나가 왔다는 말은 절대 말라고 신신당부를 했을 것이다. 하루 먼저 내려온 동생이 카타리나를 못 보았을 리 없었다. 아침에 면도기를 사러 간 슈퍼가 카타리나의 집이었다.

은석은 커피를 한 모금 마셨다. 무슨 말을 해야 했지만 말재주가 있는 편이 아니었다. 그렇다고 숫기가 있지도 않았다. 어색한 분위기를 바꾼 것은 여자였다. 대화가 끊겨 분위기가 서먹서먹하자 스스럼없이 자신의 이야기를 꺼냈다. 무주에서 태어난 여자는 대학을 졸업하고 나서 십사 년째 글쓰기 학원을 운영한다고 했다. 여자가 말을 할 때마다 은석은 추임새를 넣듯 네, 그렇군요, 하며 되도록 짧게 맞장구를 쳤다.

"저게 마이산인가 봐요?"

성당 첨탑 뒤로 보이는 산을 가리키며 여자가 물었다.

"모양이 마추픽추 같아요."

"마, 마추픽추요?"

"몇 년 전 마추픽추에 갔었는데 그곳에도 두 개의 봉우리가 우뚝 솟아 있었어요."

여자는 마이산을 바라보며 커피를 한 모금씩, 한 모금씩 마시고 잔을 내려놓았다.

"마이산에 갈래요?"

은석이 커피 잔을 만지며 뭉그적대자 여자는 어서요, 하고는 엉덩이를 들고 일어났다. 별 수 없이 은석은 자리에서 일어났다. 다방에서 여자와 어색하게 커피를 마시며 시간을 보내느니 마이산에 다녀와 점심을 하면 시간이 빨리 갈 것 같았다. 은석은 쌍다리다방을 나와 차에 여자를 태웠다. 여자는 조수석에 앉아 들뜬 얼굴로 마이산을 바라보았다. 두 개의 바위가 땅에서 봉긋 솟아오른 듯서 있었는데 그 모양이 말의 귀처럼 생겼다 해서 마이산이었다. 왼쪽이 숫마이산이고 오른쪽이 암마이산이었다. 숫마이산이 암마이산보다 높고 뾰족했다.

은석은 쌍다리를 지나 마령 쪽으로 차를 몰았다. 마이산 가는 길은 입구가 두 개라 어느 쪽으로 가든 상관없지만 겨울철에는 읍내 쪽에서 가는 것보다 돌아가더라도 마령 쪽으로 가는 편이 나았다. 읍내 쪽에서 가면 오르막인 데다 눈이 쌓여 있으면 탑사로 넘어갈 수 없었다. 탑사를 보지 않으면 마이산의 반은 보지 못한 것이었다. 나머지 반은 화엄굴에서 내려다보는 아름다운 풍경이었다. 그래서 마령 쪽으로 가 탑사를 구경시켜 주고 바로 화엄굴까지 올라갈 요량이었다.

은석은 룸미러로 멀어지는 성당 첨탑을 바라보고 속도를 높였다. 지금쯤 미사는 말씀의 전례가 끝나고 성찬의 전례로 넘어갈 시간이다. 성찬의 전례면 미사의 반은 지나간 것이었다. 은석은 미사 도중에도 주위를 둘러보며 카타리나를 찾고 있을 어머니를 떠올리며 우회전을 했다.

우측으로 지붕이 무너진 창고가 보였다. 카타리나와 갔을 때 반쯤 무너졌던 지붕은 그 사이 나머지 반쪽마저 무너져 있었다. 지붕이 무너진 창고를 지나자 매표소가 나왔다. 은석은 매표소 앞 주차장에 차를 세웠다. 주차장은 텅 비어 있었고 매표소 입구를 따라 들어선 음식점은 크리스마스라 문을 연 곳이 없었다.

은석은 매표소에서 표 두 장을 끊고 저수지 오른편으로 난 길을 따라 여자와 탑사로 걸어갔다. 걸으면서 여자는 이것저것을 물었다. 집엔 자주 내려오느냐, 성당엔 언제부터 다녔느냐, 세례명이 뭐냐, 탑사엔 얼마나 와 봤느냐며 시시콜콜 질문을 했다. 더듬을까 봐 오는 내내 말을 하지 않았는데 아무래도 그게 신경 쓰인 모양이었다. 은석과 달리 여자는 설레는 마음으로 맞선을 보러 나왔을 것이다. 새벽부터 일어나 화장을 하고 머리를 다듬고 몇 번씩 옷을 바꿔 입는 모습을 떠올리자 은석은 미안한 마음이 들었다. 게다가 여자는 무주에서 한 시간 동안 차를 몰고 온 것이다.

"맨 위에 있는 게 천, 천지탑이죠. 천지탑은 탑사 중에서 가장 높은 곳에 있을 뿐더러 가장 크죠. 돌탑의 우두머리래요. 저건 약사탑이고 저건 중앙탑이죠."

은석은 손가락으로 탑을 가리키며 하나하나 이름을 알려 주고 친구가 운영하는 기념품 가게를 바라보았다. 크리스마스인데도 기념품 가게는 문이 열려 있었다. 카타리나와 이곳에 올 때마다 탑사 이름을 알려 준 것도 기념품 가게를 하는 친구였다. 은석이 친구를 마지막으로 본 게 삼 년 전 크리스마스 밤모임이었다. 그날 밤모임에 나가지 않았다면 아침부터 맞선을 본다고 수선을 떨 필요도 없었다. 카타리나와 어긋난 것도 그날 밤이었다.

"탑이 어떻게 흔들리지 않고 서 있죠?"

여자가 고개를 갸웃거리며 물었다.

"음, 음양의 조화 때문이래요. 돌에도 암수가 있는데 돌을 쌓을 때 암수를 구분해 아귀를 맞췄대요. 음의 돌덩이 하나 쌓고 양의 돌덩이 하나 쌓고, 양의 돌덩이 하나 쌓고 음의 돌덩이 하나 쌓고. 바람이 불어도 무너지지 않고 백 년을 버틴 건 이런 음양의 조화 때문이래요. 하지만 개중 흔들리는 탑이 있어요. 저, 저거 보이죠? 저 중앙탑이 바람이 불면 흔들렸다가 멎는대요. 일명 흔들탑이죠."

탑의 이름을 알려 주고 나서 은석은 친구와 마주칠까 봐 탑사로 올라갔다. 계단에 잔설이 있어 천지탑까지는 올라가지 못하고 흔들탑 앞에서 걸음을 멈췄다. 한번은 카타리나가 탑이 흔들리는 것을 보려고 그 자리에 멈춰 선 적이 있었다. 오 분이 지나고 십 분이 지나도 탑은 흔들리지 않았다. 이십 분이 지나 내려가려고 하는데 계곡에서 불어온 바람에 탑이 기울었다. 저것 봐. 탑이 흔들려. 카타리나가 소리쳤다. 탑은 왼쪽으로 기우는가 싶더니 이내 반동으로 오른쪽으로 기울었다가 중심을 잡고 멎었다. 눈 깜짝할 사이였지만 은석도 탑이 흔들리는 것을 보았다. 그 후 탑이 흔들리는 것을 본 적은 없었다.

은석은 여자와 탑사를 내려와 숫마이산 기슭에 있는 화엄굴로 가려고 왼쪽으로 갔다. 화엄굴 입구에는 호위병처럼 돌탑이 여기저기 쌓여 있었다. 수십 개가 넘는 돌탑은 고만고만했지만 어른 키만큼 높이 올라간 것도 있었다. 돌탑은 위쪽까지 빽빽이 세워져 더 이상 쌓을 자리가 없었다.

"이건 사, 사람들이 쌓은 겁니다. 여기에 다시 온다는 의미로 하나둘 쌓은 게 이렇게 많아진 거죠."

"어머머, 그래요? 저도 마추픽추에 돌을 하나 쌓고 왔는데……."

여자는 돌을 주워 누군가가 쌓아 놓은 돌탑 위에 올려놓았다. 은석도 이 자리에 돌탑을 쌓은 적이 있었다. 카타리나가 돌을 주워오면 크기대로 분류한 다음 가장 넓적한 돌을 주춧돌 삼아 탑을 쌓았다. 하나, 둘, 셋, 넷, 다섯, 여섯…… 사랑한 햇수만큼 돌을 쌓고 일곱 번째 돌을 올려놓는 순간 돌탑이 무너졌다. 돌과 돌 사이에 작은 돌을 끼워 균형을 맞춰 쌓아도 일곱 번째 돌을 올려놓으면 무너졌다. 그때부터 육 년 동안 쌓아 올린 사랑이 금가기 시작했다. 커피를 마시고 싶다고 해서 커피를 시키면 카타리나는 다시 콜라를 시켰고, 콜라를 마시고 싶다고 해서 콜라를 시키면 카타리나는 다시 커피를 시켰다. 비빔밥을 먹고 싶다고 해서 비빔밥을 시키면 갑자기 볶음밥을 하나 더 주문했다. 마치 세 사람이 앉아 있는 것처럼 언제나 테이블에는 콜라나 커피가 한 잔씩 더 놓여 있거나 손도 안 댄 비빔밥이나 볶음밥이 놓여 있었다. 삼계탕집에서 실랑이를 벌인 적도 있었다. 은석이 삼계탕을 못 먹는 줄 알면서 카타리나는 두 그릇을 시켰다.

"먹어 봐."

젓가락을 대지 않자 카타리나가 닭다리를 뜯어 주었다.

"먹어 보라니깐."

닭다리를 받았지만 은석은 용기가 나지 않았다.

"못 먹겠어."

닭다리를 스테인리스 밥뚜껑에 내려놓자 카타리나가 다시 집어 들이밀었다.

"언제까지 안 먹을 건데? 사랑한다면서 이걸 못 먹어?"

사랑이라는 말에 은석은 닭다리를 뜯었다. 이물질을 씹는 것처럼 닭고기는 입 안에서 맴돌 뿐 넘어가질 않아 꿀꺽 삼켰다. 목구멍에 닭고기가 걸렸다. 은석은 손을 입 속으로 집어넣어 목구멍에 걸린 닭고기를 끄집어내 밥뚜껑에 놓았다. 카타리나는 밥뚜껑에 놓은 닭고기를 집어 다시 주었다. 속이 니글거렸지만 은석은 침으로 범벅인 닭고기를 받아 입에 넣고 콜라를 마셨다. 콜라에 섞여 고기가 목구멍 안으로 넘어갔다. 닭다리 하나를 먹고 났을 때 콜라 두 병이 비워져 있었다. 은석은 남은 닭다리를 마저 먹고 삼계탕집을 나왔으나 얼마 못 가 전봇대를 붙잡고 먹은 것을 토했다. 전봇대에 쏟아 낸 구토물을 보며 못 먹는 삼계탕을 먹고 토하는 것도 사랑이라 생각했다. 참고 견디는 것이 사랑이라고 생각했다. 속은 니글거렸지만 뿌듯했다. 다음에는 먹고 토할망정 닭다리 하나는 뜯을 수 있겠다고 생각했다.

은석은 여자와 화엄굴 계단을 올라갔다. 여자는 계단을 잘 오르지 못했다. 탑사로 올라가는 길보다 가파른 데다 잔설이 많아 계단을 오를 때마다 난간을 붙잡았다.

"그, 그만 내려갈까요? 하, 하이힐을 신고 오르기엔 무리예요."

최대한 티를 안 내고 차분히 말하려 했지만 은석은 또 말을 더듬었다. 여자는 은석이 말을 더듬는 것에 대해 불편해하지 않았다. 여자의 그런 모습이 은석은 어딘지 모르게 친근하게 느껴졌다. 여자는 난간을 붙잡은 채 구름 한 점 없는 마이산 꼭대기를 올려다보며 하이힐을 툭툭 찼다.

"마이산에 올 줄 알았으면 굽 낮은 신발을 신고 오는 건데. 실은 마추픽추를 오를 때도 이렇게 굽이 높은 구두를 신었어요. 그 모습이 상상이 안 되죠?"

"네, 조금."

"마추픽추를 오르는 것보다 힘드네요."

"설, 설마요."

"정말인데."

"왜 마추픽추에 갔는데요?"

여자는 다시 하이힐을 툭툭 차고는 남의 이야기를 하듯 말했다.

"남자를 사귀었는데 유부남이었어요. 진짜 사랑했는데…… 그 남자 때문에 도저히 살 수가 없어 마추픽추에 갔는데 그곳에 가서도 남자를 떠올렸어요. 같이 왔으면 얼마나 좋았을까 하고요. 그 남자를 잊기 위해 떠났다가 그 남자만 떠올렸죠. 그런데 마추픽추에 올라 돌만 남은 황폐한 집터를 본 순간 깨달았어요. 우리는 결코 같이 살 집을 지을 수 없었다는 걸. 그 순간 돌 위에 남자를 내려놓았어요. 그 남자를 사랑했던 마음도 같이. 세상에 내려놓지 못할 건 없어요."

은석은 앞서서 계단을 내려갔다. 계단은 올라가는 것보다 내려가는 게 힘들었다. 옆에서 나란히 걸어 내려가며 손을 잡아 줘야 했지만 용기가 나질 않았다. 대신 미끄러질 경우 자신을 잡을 수 있도록 어깨에 힘을 주고 여자와의 간격을 최대한 좁히며 내려갔다. 은석은 카타리나와의 거리도 어쩌면 이만큼이라고 생각했다. 한 계단의 거리. 은석이 한 계단 올라가면 이미 카타리나는 한 계단을 올라가 있었고 은석이 한 계단 내려가면 이미 카타리나는 한 계단을 내려간 후였다. 한 계단의 거리는 점차 벌어져 두 계단이 되었고 세 계단이 되었고 어느 순간 보이지 않을 만큼 간격이 벌어졌다.

"은석아."

계단을 내려갔을 때 기념품 가게 앞에 서 있는 친구와 마주쳤다.

"성탄 미사는 어떡하고 여기 온 거야?"

"그, 그게 좀…… 그렇게 됐어."

갑작스런 조우에 은석은 당황했다. 이쪽은, 이쪽은…… 하며 여자를 소개하려다 또 말을 더듬었다. 그때 여자가 앞으로 나와 은석 씨 친구예요, 하고는 고개를 숙였다. 친구도 얼떨결에 고개를 숙였다. 여자는 은석이 친구와 이야기를 나눌 수 있도록 먼저 매표소 쪽으로 내려갔다. 괜히 미안해진 은석은 친구에게 자세한 이야기는 나중에 하자고 말하고 여자를 쫓아 주차장까지 갔다.

읍내로 가면서 은석은 3년 전 크리스마스 밤모임을 떠올렸다.

카타리나와 동행한 날이었다. 읍내 고등학교를 졸업한 친구들이 만든 사교 모임이었다. 약속 장소에는 이미 스무 명이 넘는 친구들이 마주 앉아 삼겹살을 굽고 있었다. 불판에서 피어오른 연기로 실내는 자욱했고 다들 몇 잔씩 걸쳤는지 얼굴이 불그레했다.

은석은 삼겹살 타는 냄새에 코를 찡그리고는 빈자리를 찾았다. 우영의 옆자리가 비어 있었지만 기념품 가게 친구 곁에 앉았다. 성격이 거친 우영과 있으면 은석은 어머니 앞에서처럼 주눅이 들었다. 고교시절 내내 같은 반을 했지만 친해질 수 없었던 것도 성격 때문이었다. 아무리 어울리려고 해도 성격이 맞지 않았다. 은석이 자리에 앉자 우영이 건배를 외쳤다. 친구들은 서로 건배를 하려고 우영 앞으로 몰려갔다. 소주잔과 소주병이 엎어지고 깨졌지만 왁자지껄한 소리에 묻혀 버렸다. 은석은 카타리나와 기념품 가게 친구와 셋이서 술을 마셨다.

술잔이 몇 순배 돌고 불판에 올려놓은 삼겹살이 시커멓게 타들어 갔을 때 우영이 어깨를 쳤다. 우영은 이게 얼마만이냐며 소주와 맥주를 반반 컵에 따라 수저로 휘저은 후 폭탄주를 건넸다. 소주를 많이 타 독했지만 은석은 내색하지 않고 폭탄주를 마셨다. 은석도 마신 잔에 소주와 맥주를 반반 섞어 주었다. 우영은 단번에 폭탄주를 마시고는 다시 그 잔에 폭탄주를 만들어 카타리나에게 건넸다. 카타리나가 폭탄주를 마시는 것을 확인하고 나서야 우영은 제자리로 돌아갔다.

삼겹살집을 나와 이차로 맥줏집에 갔다. 전에 없이 살갑게 구는 우영이 불편해 은석은 맥줏집에서도 떨어져 앉았다. 그런데 화장실에 다녀온 사이 우영이 자신의 자리에 앉아 카타리나와 이야기를 하고 있는 게 아닌가. 저기, 저기…… 자리를 비켜 달라고 말하고 싶었지만 은석은 혀가 꼬인 것처럼 말을 더듬었다. 폭탄주 탓인가 하고 다시 말했지만 또 저기, 저기, 였다.

삼차는 소줏집에 갔고 사차는 노래방에 갔다. 스무 명이 넘는 친구들은 술집을 옮길 때마다 하나둘씩 빠져 노래방에는 네 사람뿐이었다. 기념품 가게 친구가 술에 취해 마이크를 잡고 노래를 부르자 우영이 카타리나의 손을 잡고 무대로 끌고 가 블루스를 췄다. 노래에 맞춰 블루스를 추며 우영은 카타리나의 엉덩이를 더듬었다. 이번에도 은석은 저기, 저기, 였다. 그때 카타리나가 우영의 뺨을 치고 나갔다. 우영은 멍하니 서서 자신의 뺨을 어루만지더니 불현듯 은석을 밀치고 나갔다. 그 바람에 은석은 뒤로 나동그라져 바닥에 떨어진 맥주병에 허리를 눌리고 말았다. 허리를 싸고도는 통증을 참고 밖으로 나갔다. 카타리나는 보이지 않고 휘날리는 눈 속으로 우중충한 천변 여관이 보였다.

은석은 그 밤을 떠올리며 얼굴을 찡그렸다. 여자는 차창으로 마이산을 바라보고 있었다. 여전히 마이산 꼭대기에는 구름 한 점 없었다. 아침부터 은석은 계속 뒤를 돌아보았다. 성당 앞에서는 맞선을 보러 가면서 뒤를 돌아보았고, 다방을 찾다가는 길을 잘못 들어 뒤를 돌아보았고, 마이산에 갈 때는 성당 첨탑을 돌아보았다. 여자와 있을 때는 카타리나와의 일을 돌아보았다. 은석은 이제 뒤를 돌아보지 않겠다고 작정하고 정면의 성당 첨탑을 바라보았다. 성탄 미사가 끝나 성당에서 사람들이 나오고 있었다. 정오였다. 은석은 읍내로 진입하자마자 점심은 반드시 하고 오라는 동생의 말이 떠올라 여자에게 뭘 좋아하냐고 물었다.

"삼계탕요."

삼계탕이란 말에 은석은 목구멍에 닭 뼈가 걸린 것처럼 헛기침을 했다.

"원래 이 읍내가 삼계탕으로 유명하잖아요. 하지만 맞선 자리에서 삼계탕을 먹는 여자는 없겠죠. 실은 어머님한테 은석 씨가 삼계탕을 못 먹는다는 이야기를 듣고 해 본 소리예요. 삼계탕은 먹지 않을 테니 걱정 말아요. 맞선 자리인 만큼 우아하게 칼질을 해야죠."

은석은 카타리나와 자주 간 레스토랑으로 가려고 읍내 아래쪽으로 내려갔다. 순간 아침부터 여자와 간 곳이 죄다 카타리나와 간 곳이라는 생각에 다른 곳으로 가려고 우회전을 했다. 그때 카타리나를 보았다. 손에 미사책을 든 걸 보니 성탄 미사에 다녀오는 길인 모양이었다. 성탄 미사 삼십 분 전부터 성당 앞에 차를 세우고 기다렸건만 언제 간 것일까, 하고 은석은 고개를 갸웃거렸다. 은석은 카타리나의 발걸음에 맞춰 속도를 줄이며 인도 쪽으로 차를 붙여 몰았다.

"아는 사람이에요?"

여자가 물었다.

"아, 아니에요."

속도를 조금 높이자 차가 카타리나 옆을 지나갔다. 여자가 고개를 돌려 카타리나를 쳐다보았다. 순간 은석은 카타리나와 눈이 마주쳤다. 카타리나는 아무것도 보지 않은 것처럼 고개를 돌리고는 천변으로 걸어갔다. 은석은 점심은 반드시 하고 오라는 동생의 말을 저버리고 쌍다리 다방 앞에 차를 세웠다.

"가, 가, 가 봐야 할 것 같아요."

여자가 눈을 동그랗게 뜨고 은석을 쳐다보았다. 말을 더듬어서 그런 게 아니라 갑자기 올라가 봐야 한다는 말에 놀란 모양이었다. 은석은 머리를 긁적이며 여자를 바라보았다. 서글서글한 눈매하며 적당히 솟은 콧날, 야무진 입술. 뒤로 단정하게 머리를 묶어 여자의 얼굴은 단아해 보였다. 은석은 더듬거리지 않으려고 최대한 천천히 미안하다고 말했다. 지금이 아니면 카타리나를 만날 시간이 없었다. 작년 크리스마스에도, 재작년 크리스마스에도 성당에 갔지만 어머니 때문에 카타리나를 만나지 못했다. 이 시간에도 어머니는 카타리나를 만나지 못하게 슈퍼 앞을 지키고 있을 게 뻔했다. 사실 은석이 집에 내려온 것도 어머니 때문이 아니라 카타리나 때문이었다.

"그럼 식사는 다음에 해요."

은석은 그렇게 하겠다고 말하고 차에서 내렸다. 뒤따라 내린 여자는 다방 앞에 세워 둔 자신의 차에 올랐다. 운전석 앞에 여자가 말한 마추픽추 모형물이 붙어 있었다. 은석이 그걸 보는 걸 알고 여자가 기념물로 사 왔다고 했다. 은석은 여자의 차가 쌍다리를 건너가는 것을 보고 천변으로 갔다.

읍내의 맨 위쪽에는 성당이 있었고 맨 아래쪽에는 천변이 있었다. 성당 첨탑에서 보면 읍내는 물고기가 마이산을 향해 헤엄쳐가는 형상이었는데 천변이 조성된 것도 이 때문이었다. 물고기의 아랫배 부분을 따라 조성된 천변에는 팔십 년대 지어진 상가가 줄지어 있었다. 아래쪽으로 내려갈수록 천변을 따라 들어선 상가들은 더욱 허름해 보였다. 읍내에서 가장 낡은 건물이 많은 곳이 천변이었다. 은석은 삼 년 전 갔던 고깃집과 노래방을 지나 천변 여관 앞에서 잠시 멈춰 섰다 다시 뛰어갔다. 카타리나는 천변 끝에 있었다. 은석은 무슨 말을 해야 할까 망설였다. 이게 몇 년 만이냐고, 그동안 잘 살았냐고, 우영은 잘 있냐고 물어야 하나. 아니면 명절에는 왜 안 내려왔냐고 물어야 하나. 묻고 싶은 말은 많았지만 말을 더듬을까 봐 최대한 짧게 말했다.

"카, 카타리나."

카타리나가 뒤를 돌아보았다.

"여자는 어떡하고?"

"갔어."

삼 년 전 카타리나가 은석이 일하는 성당 사무실로 찾아온 건 크리스마스 다음 날이었다. 우영 씨하고 잤어. 은석은 눈앞이 하얗게 되었지만 봉헌금 바구니에서 세려고 했던 동전을 한 주먹 움켜쥐었다. 손바닥 안에서 부딪친 동전이 손가락 사이로 빠져나갔다. 쨍그렁. 하나가 떨어지자 손아귀 힘이 빠지면서 동전이 쏟아졌다. 은석은 마음을 가라앉히려고 바닥에 떨어진 동전을 주우며 백 원, 이백 원, 삼백 원, 사백 원, 하고 셌다. 이 순간에도 동전을 줍고 싶어? 하긴 이게 은석 씨지. 매사에 참는 게 사랑이라고 생각하니까. 사람은 둘인데 콜라를 하나 더 시켜도 말 못 하고 비빔밥을 하나 더 시켜도 말 못 하고 못 먹는 삼계탕을 먹여도 꾸역꾸역 먹고 토하니까. 그게 사랑이라고 생각하니까. 내가 우영 씨와 블루스를 춰도 가만히 보고 있는 게 은석 씨지. 우영 씨가 내 엉덩이를 만져도 모른 척 술만 마시고 있는 게 은석 씨라고. 저기, 저기, 하면서 참고 견디는 게 사랑이라고 생각하니까. 하지만 어디 그게 사랑이야? 사랑은 참는 게 아니라 사랑은 참지 않는 거야. 달려들고 악을 쓰는 게 사랑이라고. 다른 남자와 자고 온 나를, 내 뺨을 후려치는 게 사랑이라고. 구둣발로 내 몸을 짓밟는 게 사랑이란 말야. 은석은 달려들고 악을 쓰는 대신 카타리나를 붙잡았다. 하지만 카타리나는 하이힐로 은석의 손등을 짓밟고 나갔다.

은석은 하이힐 자국이 찍힌 손등을 바라보다 다시 동전을 주웠다. 달려들고 악을 쓰는 게 사랑이라니. 커피를 시켜 놓고 마시지 않겠다며 콜라를 시킬 때도, 콜라를 시켜 놓고 마시지 않겠다며 커피를 시킬 때도, 한 잔씩 남은 커피와 콜라를 마신 것도 사랑 때문이었다. 못 먹는 삼계탕을 꾸역꾸역 먹은 것도 사랑 때문이었다. 사랑에도 사순절처럼 고통의 시간이 있다고 생각했다. 사랑은 참고 견디는 거라고. 그런데 그게 사랑이 아니라니. 참고 견뎠던 사랑이 사랑이 아니라니.

"마이산에 갈까?"

천변을 걸어 나왔을 때 카타리나가 말했다. 은석은 선뜻 대답을 하지 못했다. 카타리나와 갔다 친구와 마주치면 뭐라고 한단 말인가. 하지만 은석은 카타리나의 말을 거절하지 못하고 차를 세워둔 쌍다리 다방으로 갔다. 여자를 태운 자리에 카타리나를 태우고 마이산으로 차를 몰았다. 차창으로 여자 얼굴이 스쳐 지나갔다. 여자의 얼굴을 지워 내며 은석은 마이산을 바라보았다. 서쪽 하늘에서 구름이 스멀스멀 몰려오고 있었다. 은석은 페달을 밟았다. 카타리나는 창 밖만 바라보다 주머니에서 담배를 꺼내 입에 물었다. 담배에 라이터 불을 붙이자 손가락에 낀 결혼반지가 반짝거렸다. 은석은 우영의 목을 비틀듯 운전대를 움켜잡았다.

"우, 우, 우영인 왜 안 왔어?"

은석은 우영이 옆에 앉아 있는 것처럼 말을 심하게 더듬었다.

"왜 이렇게 말을 더듬어? 어디 아픈 거야?"

"마, 마음이."

은석은 삼 년 전 크리스마스 밤모임 이후 말을 더듬게 되었다고 말하고 싶었지만 그 말은 하지 않았다. 대신 그 마음이란 것을 꺼내 보여 주고 싶었다. 하지만 마음이란 것은 가슴속에서도 가장 깊은 곳에 들어앉아 있어 꺼낼 수 없었다. 행여 꺼낸다 해도 보이지 않는 그 마음이란 것을 어떻게 보여 준단 말인가. 순간 은석은 마추픽추를 떠올렸다. 그곳에 가면 여자의 말대로 마음을 내려놓을 수 있을까. 그럴 수만 있다면 그곳에 가서 카타리나와 같이 보냈던 마음을 내려놓고 싶었다. 세상에 내려놓지 못할 건 없다고 하지 않았던가. 은석은 차 안에 흐르는 정적이 자신 때문인 것 같아 다시 우영의 소식을 물었다.

"별거 중이야."

읍내 소문이면 다 아는 어머니한테도 듣지 못한 이야기였다. 은석은 말없이 운전대를 움켜잡은 손을 붙였다 뗐다 하면서 전방만 주시했다. 카타리나가 피운 담배 연기가 차 안에 고였다. 은석은 카타리나가 피우는 담배를 집어 한 모금 빨고 싶었다. 한 모금 빨면 답답한 마음이 조금 나아질 것 같았다. 담배 대신 은석은 한숨을 내쉬고는 지붕이 무너진 창고를 지나갔다.

그날도 크리스마스 밤이었다. 은석은 카타리나와 천변 레스토랑에서 저녁을 먹고 마이산을 향해 걸어갔다. 마이산 매표소에 거의 다 갔을 때 눈이 쏟아져 지붕 한쪽이 무너진 창고에 들어갔다. 한때 작업실로 쓴 창고에는 나무를 깎아 만든 조각상이 군데군데

서 있었다. 한쪽에는 남자 조각상이 있었고 다른 쪽에는 여자 조각상이 있었다. 조각상 주변에는 타다 만 초들이 널려 있었다. 군데군데 초에 불을 붙이자 한쪽이 찌그러진 하트 모양이 생겨났다. 누군가 하트 모양으로 초를 밝힌 모양이었다. 은석은 남자와 여자 조각상을 끌어다 위아래로 포개 놓고 톱밥과 나무 조각들을 모아 불을 붙였다. 여자 조각상의 다리에 불이 옮겨 붙었다. 순식간에 여자 조각상의 다리 하나가 불에 타서 사라졌다. 불은 활활 타올라 여자 조각상 위에 포개져 있는 남자 조각상으로 옮겨 붙었다. 기묘하게 두 조각상은 서로의 몸을 얼싸안은 모양으로 타올랐다. 반쯤 무너진 지붕 사이로 떨어지는 눈이 조각상 속으로 떨어졌다. 은석은 카타리나와 두 조각상이 완전히 탈 때까지 있다 그곳을 나왔다.

"결, 결혼까지 했으면 보란 듯이 잘 살 일이지 왜 별거하는 거야?"

은석은 매표소 쪽으로 우회전을 하며 물었다. 카타리나는 조수석 창문을 열고 꽁초를 내던졌다.

"죄책감이겠지. 친구의 여자를 가로챘다는 죄책감 말야. 우영씬 여기 떠난 후 보험설계사로 일했어. 하지만 한 달도 못하고 때려치웠어. 그다음 직장 역시 두 달 만에 때려치웠고. 지금까지 직장을 옮긴 게 열다섯 번이야. 석 달 이상을 못 다녀. 하루 출근했다가 온 적도 있어. 그러니 어떻게 명절날 올 수 있겠어."

카타리나가 성당에서 결혼식을 올린 날, 은석은 사무장실에서 두 사람의 결혼식을 지켜보았다. 참지 않고 악을 쓰는 게 사랑이라면 달려가 결혼식을 막아야 했지만 은석은 성당 안으로 달려가지 않았다. 대신 카타리나를 만나면서 시작한 성당 사무장 일을 그만두려고 사표를 써 놓고 창가로 갔다. 그때 성당 정문이 열리면서 턱시도를 입은 우영과 웨딩드레스를 입은 카타리나가 나왔다. 은석은 창가에 서서 두 사람이 웨딩카에 오르는 것을 보았다. 그리고 며칠 후 카타리나는 신혼여행에서 돌아와 읍내에서 세 시간 거리에 있는 도시에 신혼살림을 차렸다. 그 후 은석은 읍내를 떠났다.

"맞선은 잘 봤어?"

"어? 그거……."

"어머니한테 들었어. 맞선 본다고."

"그, 그랬구나. 근데 성탄 미사는 언제 간 거야?"

은석은 다시 운전대를 움켜쥐며 물었다.

"네 차가 읍내 아래쪽으로 내려가는 거 보고 나서."

"아……."

"맞선 본 여자 맘에 들어? 아까 네 차 안에 앉아 있는 여자 봤어."

은석은 좋다, 싫다 말하지 않았다. 여자는 호감이 있는 눈치였다. 계속 은석에게 말을 걸었고 탑사 이름을 알려 줄 때는 이야기를 놓치지 않으려고 귀를 기울였다. 말을 더듬는 것에 대해서도 불편해하지 않았다. 은석도 여자가 불편하지 않았다. 어머니에게 크리스마스 선물을 할 생각으로 나왔다가 마이산까지 다녀온 것이다.

은석은 매표소 앞쪽 주차장에 차를 세우고 문을 열고 내렸다. 카타리나는 손에 쥔 미사책을 놓고 내렸다. 은석은 앞서서 매표소로 갔다. 표를 끊으려고 매표소 안으로 돈을 밀어 넣자 안에 있던 직원이 아까 왔으니 그냥 들어가라며 되돌려 주었다. 은석이 주춤거리자 직원은 오늘은 크리스마스니까요, 하고 웃었다. 은석은 돈을 집어 주머니에 넣고 카타리나와 탑사로 걸어갔다. 오전과 달리 음식점 몇 군데는 문이 열려 있었다. 한 음식점에서 나온 남녀가 저수지를 따라 탑사로 올라갔다. 뭐가 재미있는지 남녀는 탑사에 도착할 때까지 까르르, 까르르 웃었다. 남녀는 탑사로 올라가지 않고 기념품 가게로 들어갔다. 유리창 너머로 친구가 보였다. 친구가 볼까 봐 은석은 고개를 돌렸다.

"누가 방금 돌을 올려놓고 갔나 봐."

카타리나가 화엄굴 입구에 있는 돌탑을 가리켰다. 여자가 쌓은 돌이었다. 은석은 돌을 하나 주워 여자가 쌓은 돌 위에 올려놓았다. 돌은 미끄러지지 않았다. 은석은 두 개의 돌을 바라보다 까르르거리는 소리에 고개를 돌렸다. 기념품 가게에서 두 남녀가 나오고 있었다. 뒤따라 친구가 카메라를 들고 나왔다. 기념품 가게를 하면서 친구는 탑사를 배경으로 손님들 사진을 찍어 주는 모양이었다. 가게 앞에는 '즉석 사진 바로 현상'이라는 문구가 크게 적혀 있었다. 두 남녀가 탑사를 배경으로 포즈를 잡는 순간 은석은 카메라에 잡힐까 봐 카타리나와 흔들탑으로 올라갔다.

"미안해."

흔들탑 앞에 섰을 때 카타리나가 말했다. 마이산 꼭대기에서 하나둘 눈발이 날렸다.

"이번 크리스마스에 내려온 건 널 만나기 위해서야. 널 만나서 미안하다고 말하려고. 미안하다고 말하면 우영 씨가 돌아올 것 같아서."

은석은 손바닥으로 떨어지는 눈을 받았다. 손에는 솜털 같은 눈이 내려앉자마자 녹아내렸다. 은석은 고개를 뒤로 젖히고 마이산 꼭대기에서 내리는 눈을 받아먹었다.

"마추픽추에 가면 사랑한 것들을 내려놓는 돌이 있대. 그 돌에 사랑했던 마음까지 내려놓는대. 그 돌 이야기를 들었을 때……."

은석은 거기서 말을 멈추었다. 사실 은석은 가장 먼저 카타리나를 그곳에 내려놓고 싶었다. 하지만 카타리나를 내려놓을 수 있을까. 세차게 고개를 젓는데 여자에게 전화가 왔다. 은석이 전화를 받자 여자는 들뜬 목소리로 무주에 눈이 온다며 진안에도 눈이 오냐고 물었다. 은석이 아무 말을 못 하고 휴대폰만 잡고 있자 카타리나는 자리를 피해 계단을 내려갔다. 은석은 눈 속으로 내려가는 카타리나를 바라보았다. 성당의 종소리가 뎅그렁, 뎅그렁, 울렸다.